シベリア墓参風景

1991年—1996年

山形県　植松さん　兄の墓地にて

私の居た217分所の跡地

日本人捕虜の最終点　ドーキにて

カダラの墓地にて　青森県の高田さん

父の墓地フーシンガーをたずねて（父は通訳をしていた）
水害のため埋地には行けなかったのでここで手を合せる。
島田さん　団長の吉沢さん　地元村長のタチアナさん

当時からのロシヤ人に合いました。ビワニの収容所にて

「召され　還らぬ　父なれど
君が愛せし　子供来たり」

カダラの墓地にて、ソ連赤十字社の人と。
わたしのロシヤ語わかるかなあ

あったあった当時の建物（凡そ50年前）

「吾等と共に　この地に来たり
再び祖国に帰り得られし　戦友の御霊に悔を捧ぐ」

バタルフイバの墓地を探して山形県の金谷さん達。山、谷、川をこうして探してようやく見つけた墓地。このような奥地の墓地を国は計算に入れているだろうか。

ピワニの墓地にて。守ってくれていたロシヤ人家族

エボロン墓地に建立する

チタ市郊外カダラ墓地（399柱がねむる）にて

氏名を見つけるのは大変でした。

カダラ墓地　赤十字社の書類で氏名を。

墓地と案内されたが、目印もない。死体に土盛りのみ。

バイカル湖　通訳の北川和美さんと

バイカル湖で結婚式を終えたばかりの新婚さんと

バイカル湖　海底調査の船上にて

見えてきた有名なバイカル湖

「極寒に耐えて　過酷な労働に
抑留の日日　空しく過ぐる」

植松さん（東根市）の兄の墓地　ソ連赤十字社の人達が見つけてくれた。

広大なカダラ地区の墓地（1991年７月）

びっくりして言葉が出ない程の広さ　カダラの墓地

白樺林の中でひっそりねむる406人。イルクーツク墓地

一体一体探せど、果たして肉親は見つかるかなあ

「捕虜となり
収容されて　病死する
君の御魂よ　安らけくあれ」

イルクーツク（1991年７月）

イルクーツク

栗山さんが全抑協秋田県連副会長星宮さんの部下であった。

一ソ連市民の墓地写真付きで

「二十歳にて　召され還らぬ父なれど
君が愛せし　子供来たり」

島田さんの父、この収容所で亡くなった。尺八で追悼。みんなで手を合せる。フーシンガー（1991年７月）

たった一棟見つけた、当時起居していた建物。
思いを新たに仲間が語りあう。

あの当時トラックの運転手として働いていたソ連人と
(220分所)

リストビヤンカ（バイカル湖の近く）
整備されて、気分良かった。

案内役のソ連赤十字社の人達と。

リストビヤンカの墓地。誰の墓でしょう。

青春は戦争とシベリアで＊目次

青春は戦争とシベリアで

陰惨といふべき記憶にかゝはれど
いまになつかし黒パンの皮

捕虜の身になりて読みたる
蟹工船党生活者鮮烈なりき

一　はじめに

戦後七〇年目にして満九二歳を迎え、過去の足跡を振り返ってみる。やはり、私の過去は戦争を抜きにしては語ることができない。

この戦争に参加させられたのは、自分の意志とは全く関係がない。只々、上意下達を絶対条件として、この世の最大罪悪である人殺しの真っ只中に押し込まれたのである。その現場で目撃・体験した悲惨極まりない現実は、ペンや言葉で表現しきれるものではない。

敗戦間近の一九四五年頃の戦況は、衰退・貧弱化の一方であった。国力、兵力、兵器、その他あらゆる物資は劣悪であり、限界に達し、到底大国を相手に戦える状態ではなかった。

「神の国日本」などと美辞麗句を使い、常に優勢を繕って、行政・マスコミ等を一方的に牛耳り、勝った勝ったと、現実とは全く裏腹に発表させ、国民に戦意を続けてきた。しかし、その欺瞞行為も限界に達し、戦況悪化に抗しきれず、敗戦を覚悟せざるを得なかったのである。この敗戦により、救われた生命は、将兵、一般人共、実に多く、ある識者によるとおよそ百万人にもなっただろうといわれる程である。

当時、私の所属する部隊は、八月九日、突如としてソ連軍の侵攻をうけ、その応戦のための十分な兵力、兵器、弾薬、食糧も持たずに出陣した。完達山脈の山の中を応戦しながら徘徊、彷徨し、敗戦も知らずに戦い続けていた。八月三十一日になって、日本軍、ソ連軍の参謀二人が乗馬でやってきて、その直接伝達により、ようやく敗戦の報を受けたのである。当初はその報を信じがたく、受諾しがたい感じであったが、部隊長は、天皇陛下の命令ならば受諾することを決め、明日までに武装解除することを約束した。

翌日の九月一日には、ソ連軍千人位が、一段高い土手の上から銃口を向け、我々を囲んでいた。日本兵は、低い鉄道線路上に整列させられ、手持ちの兵器はすべて差し出した。ソ連兵が、我々の隊列の中に入り込んできて、懐に手を入れ、時計、万年筆等の目ぼしいものは全部取り上げられた。昨日まで、神の国を信じ、上官の命令を忠実に守り、国に忠誠を尽くしてきた軍国主義思想とその環境は一変してしまい、まさしく捕らわれの身として拘束され、一挙手一動、ソ連軍の指揮下に入った。

以降、二十四時間、銃剣付きの監視体制のもと、自給自足の生活に、とは言っても食材のあてもなく、結局は満人が丹精込めて作った野菜等を、主食、副食の区別なく、耕作者の満人の目の前で略奪するしかなかった。野菜一本でおよそ一か月、生きる保証もなく、毎日を戦々恐々としながら命を繋ぐ。

ある日（十月二十三日か二十四日頃と思う）突然、綿入れの満服を支給されて着替える。間もなく、「トウキョウ・ダモイ（日本へ帰る）」という言葉に騙され、日本軍からの戦利品である貨車・コンテナの箱の中に閉じ込められて、昼夜走ること十日間、それも銃口での見張りつきであった。監視兵のダワイダワイの声で降ろされたところは、シベリア奥地、見渡す限り雪の世界、うっそうたる大密林のど真ん中で、気温は零下の夜中、この後どうなるのか全くわからず、不安と恐怖だけだった。

その後、異国の酷寒地で、貧食とノルマ付きの重労働が続く。この世の最悪の条件下で、辛うじて生きのびた三年間、その実態を善悪関係なく、ありのままに記したい。戦争がもたらしたこの不幸な出来事を、再び生み出してはならないという思いから、筆を執った次第である。

尚、私が先に発行した『凍土の青春』の内容と重複する場面もあると思うので、何卒ご了解願いたい。

二　戦争末期の日ソ外交戦略

日ソ中立条約は、翌年（昭和二一年）の四月二十四日まで有効であった。そうした中での、日本外交の茶番劇と言われていた。

ドイツ・イタリヤと、日独伊三国同盟を結んだ日本は、第二次大戦勃発後、枢軸国の一員として、米英両国を中心とする連合国と、アジア太平洋地域で、太平洋戦争を戦った。戦況は当初、日独伊三国に有利に展開したが、物量に勝る連合国が中盤から盛り返したため、イタリアは一九四四年九月八日にいち早く降伏、これに続いてドイツもまた、一九四五年五月八日に降伏に追い込まれた。

この後連合国と戦争を続けるのは日本一国を残すのみとなった。

国家存亡の瀬戸際に立たされた日本は、敗色が一段と濃くなった太平洋戦争

（一九四一年一二月〜一九四五年八月）末期、交戦中の米英両国と和平交渉を行う目的で、当時中立関係にあったソ連をその仲介役として担ぐための新しい「対ソ外交戦略」を展開する方針を決めた。

戦時中の日ソ関係は、日ソ中立条約（一九四一年四月三日締結）に基づき、日本は極力「静謐の維持」に専念、ソ連も独ソ戦に全精力を傾注したため、日ソ二国間の紛争はなく、比較的平穏に推移していた。

こうした中で、強大な米英両国との和平交渉の仲介ということになれば、弱小の中立国はもともと無理であった。その点、大国のソ連は相当の影響力を期待でき、当時の国際関係の現状に照らしても打ってつけの役柄と考えられた。

だが太平洋戦争になって、ソ連を英米との和平交渉の仲介に担ごうという対ソ外交戦略は、戦争の進展に伴って変転する国際関係について、周到な配慮を全く欠いていて無理な選択であった。なぜならば、日本の敗色が濃くなってきた一九四四年半ば頃から、ソ連の対日姿勢に大きな変化がみられるようになったからだ。この最たるものは、ロシア革命記念日前日の一九四四年十一月六日、モスクワのクレムリン宮殿で行われたスターリン首相の演説であった。スターリンは突然、日本を名指して、ドイツ同様の「侵略国」と決めつけ、対日非難の言葉を浴びせたのである。日本を侵略国呼ばわりしたスターリンの演説は、日本の支配層を痛く当惑させた。同時に、対ソ警戒心を掻き立てずにはおかなかった。

日本はスターリン演説が行われた一九四四年の時点で、中国大陸のほか、北海道は千島列島から、南はソロモン諸島に至る広大な太平洋地域を軍事支配していた。

だが、ミッドウエー海戦（一九四二年六月五日）の敗北を契機に、米国に制海権、制空権を奪われたため、前線部隊への武器・弾薬等の補給に支障をきたしたうえ、燃料も不足する事態に追い込まれて、積極的な反攻作戦を展開できない状態に陥ってしまった。

ソ連は日米間のこうした戦争の推移を当初中立的な立場で冷静に見守っていたが、米国から度々強い働きかけがあったため、外交の軸足を中立的立場から英米両国が主体となった連合国支持の方向へ徐々に移しつつあった。日本を初めて公然と敵視するスターリン演説は、こうした中でソ連が対日政策の大転換に踏み切り狼煙となった。

米国の日本本土決戦により米軍自体の損害（かつての日本は自国の損害なんて考えたことがあったでしょうか）を回避するため、日本の真珠湾攻撃の直後から、ソ連の対日参戦を強く望んできた。その問題が連合国内で具体的に取り上げられるのは、一九四三年十月にモスクワで開かれた、米英ソ三国外相会議の時であった。ソ連は「ナチスドイツとの戦争勝利後」という条件つきで、対日参戦の意志を初めて表明した。

その後一九四三年十月のテヘランでも、米英ソ三国首脳会談を経て、四五年三月のヤルタでの米英ソ三国首脳会談でスターリンは、「日本が領有する千島列島などに対する領土要求が受け入れられないならば、ソ連はドイツ降伏三カ月後に対日参戦する」ことを表明、これに関する秘密取り決めが、三国首脳間で行われた。ソ連の対日参戦は独伊両国の敗北後、枢軸国の中で最後まで残った日本との戦争を早期に集結させる目的から、米英ソ三国首脳で合意された国際的な「密約」であった。

だが、日ソ関係の現実は、日ソ不可侵中立条約が存在するため、いくらヤルタ会談の密約があっても、ソ連としては対日参戦の路線を闇雲に決定することができなかった。

ソ連が対日参戦するためには、日ソ中立条約の破棄がその前提条件となったが、日ソ間には格別な紛争事項もなく、いきなり破棄するような拙劣な外交手段はさすがのソ連も取れなかった。

一九四五年四月五日、モロトフ外相は佐藤尚武中ソ日本大使を呼び「日ソ中立条約は明年（一九四六年）四月の期限満了後延期しない」と通告した。

事実上の条約破棄予告だが、日ソ中立条約そのものは、翌年（一九四六年）四月二十四日まであり、なお約一年間有効であった。

日本はこの時点で、それまでの戦争の推移から判断して、ソ連の対日参戦の時期が迫ってきたことをいち早く察知できたはずであった。しかし日本の諜報能力が著しく劣化していて、ソ連の対日参戦を密約した「ヤルタ会談」に関する情報は皆無であった。このため日本の政府も軍部も、やがて対日参戦に踏み切ろうとするソ連の手の内を読むことができなかった。

こうした中で行われた日ソ中立条約に関するモロトフ外相の不延長通告は、

東郷茂徳外相に対し「日ソ関係改善が既に手遅れである」との懸念を与えたが、東郷はそれでも藁にもすがる思いで、中立国ソ連の仲介による英米との和平交渉を考慮、戦争の早期終結の見地から終戦工作を行う腹を決めた。

このため五月十一日、十二日の両日及び十四日に開かれた「最高戦争指導会議（鈴木貫太郎首相と東郷茂徳外相、阿南惟幾陸相、米内光正海相、梅津治郎参謀長、豊田副武軍司令部長の六人で構成）」は、対ソ問題について協議、その結果、①極力ソ連の対戦防止に努め、②進んでその好意的中立を確保し、③ひいては戦争の終結に関して、我が方に有利な仲介をならしめるをもって、「可及的速やかに」、日ソ両国の交渉を開始することが決まった。

東郷外相はこの決定に基づいて、広田弘毅元首相に対して、マリク駐日大使との交渉を委嘱した。広田・マリク会談は六月に数回持たれたが、日本のこうした思惑を受け入れる程ソ連の態度は甘くはなかった。

広田・マリク会談は、日本が期待した成果を上げることができないまま打ち切られてしまった。

六月下旬になると戦局はますます日本にとって不利となり、内外の事態は急迫を告げるようになった。だが六月八日の御前会議で承認された「世界情勢判断及び今後採るべき戦争指導への基本大綱」は、本土決戦の実施をその建前としたもので、重大な戦況を前にしながら、何ら確固たる方針を持ち出すことができなかった。事態を重視した木戸幸一大臣は、同日、「時局収拾対策議案」を起草した。天皇の親書を奉じて、中立関係にあるソ連に、米英との和平交渉の仲介の労を取らしめる対ソ特使を派遣しようというものであった。

木戸はこの議案を上奏し、首相、外相、陸相、海相の了解を取り付けた。この段階で英米との和平交渉の仲介役として頼りにできる第三国と言えば、もはやソ連よりほかになかった。「六月二十二日の最高戦争指導者会議で対ソ特使の派遣問題が協議され、天皇から直接近衛文麿公に下命なるように取り計らうのが最適との結論に達した。天皇は七月十二日の謁見を願い出た近衛に対して、天皇の特使として親書を携行してソ連へ赴く大命が降下、近衛はこれを謹んでお受けすることになったのである。

佐藤駐ソ大使は、七月十三日、東郷外相の至急電に基づき、ソ連のモロトフ外相に面会を申し入れた。だがモロトフ外相は多忙を理由に断ったため、ロゾフスキー外務次官にその旨伝達した。十八日のソ連政府の回答は、「近衛特使の使命が不明瞭のため、諾否の返答はできない」という素っ気ないものであった。外相は折り返し、「近衛特使の派遣は、ソ連による米英和平交渉の斡旋と、日ソ関係の強化である」ことを訓令したが、至急電報が遅着、佐藤大使がロゾフスキーに伝達できたのは、二十五日になってからであった。

スターリンとモロトフは、この間のポツダム会談（七月十七日～八月二日）

に出席、モスクワから刻々送られてくる近衛特使を巡る情報をトルーマン大統領に披露、慌てふためく日本政府の態度を冷笑していた。日本の降伏条件を定めた「ポツダム宣言」が発表されたのは、なんとこの翌日の二十六日であった。日本外交の権威失墜もはなはだしい。下手な茶番劇を思わせるみじめな結果であったと言われている。

ここで私が強く感じたことは・・・。

勿論戦争を仕掛けた日本は、全世界から断罪されなければならないのは当然のこと。それまでの日本国民や被侵略国が被った、物損や人命は計り知れない程の膨大な数字であろう。このことを考えて、この罪悪極まりない戦争を一日も早く終結させるという意思がまったく働かなかったようだ。

せめて、日本の降伏条件を定めた「ポツダム宣言」のあった七月二十六日の時点で敗戦を決断していれば、アジアでの二千万人、日本で三一〇万人の犠牲者のうち、相当数の人命を救うことができたのは確実であっただろう。或る識者は、およそ百万人ぐらいは救えたことだと言っている。

この記録は「日本人の捕虜体験を記録する会」と「ユーラス協会の会」の会長であった、高橋大造さんの記述と、シベリア墓参で一週間同行した時の話から集約したものである。

三　シベリア抑留は国体護持の肩代わりか

今年もまた、日本があの大戦で、連合国に無条件降伏した、八月十五日が過ぎていく。戦後七十二年目の暑い夏を迎えた。

日本民族が有史以来被った「シベリア抑留」の悲劇は、自民党政府の非人道的な措置によるもので、関係者の不満は消え失せることがない。日本の古い政治志向、意識に原因があるのではないか。戦後解決が積み残されてきた「シベリア抑留」問題の原点を踏まえながら、その人道的解決を図るべきであると思う。

日本があの大戦に敗れてから、早くも七十年の歳月が流れた。「シベリア抑留問題」は、敗戦直後、大きな政治、社会問題となって国民の関心を集めた。抑留者本人とその家族を含めると、当時の日本人の百人に一人が関わり合いを持った、それだけに、全国的な大きな事件、問題であったのだ。

今でも懐かしのメロディーとして親しまれている、戦後間もなく大ヒットした「異国の丘」や「岸壁の母」は、シベリアに抑留された日本人捕虜の一日も早い祖国帰還を本人や母親達が求めた、悲痛な叫び声でもあった。

しかし今日では、日本人の七十五歳以下の人は、戦争を実際に体験したり、記憶することはない若い世代によって占められていて、シベリア抑留とは一体何のことなのか、理解できない若者が多くなっていると思う。

問題は、戦争が終わってもう七十一年余になるのに、シベリアに抑留されて、塗炭の苦しみを味わわされたうえ、祖国に帰還後も人道的な処遇を受けることなく「国に裏切られた」として悲痛な思いに駆られている元抑留者が、今も数多くいること、この人たちの胸の内では、いまだ報われない、シベリア強制労働補償の古傷がうずいているのです。あの戦争はまさに遠くなったが、元シベリア抑留者たちの「戦後」は今なお、終わることなく続いているのだ。

日本民族がかつて経験したことのない、シベリア抑留の悲劇は、先の大戦が最終末期を迎えた、一九四五年八月十五日、それまで中立を保っていたソ連が突如、対日参戦して、日本の傀儡国家、満州国へ攻め込んだことに始まる。満州に駐屯する関東軍は、ソ連軍侵攻を予想して、南方へ移動した兵員の穴埋めを図るため「根こそぎ動員」によって、十八歳から四十五歳までの在満邦人男性二十万人を召集して、兵隊の員数だけは曲がりなりにも、およそ七十五万人の頭数を揃えた。

しかし、関東軍は、極東ソ連軍に比べて、装備が極めて劣悪の上、武器弾薬が不足、根こそぎ動員で補充した新兵の訓練度も低く、特に重火器や機動力に富んだソ連軍に到底太刀打ちできるものではなかった。関東軍は怒涛のように進行するソ連軍に、充分な防戦をすることができずに、敗退に敗退を重ねた末に、白旗を掲げてしまったのである。

戦争に負けた軍隊が捕虜にとられるのは、「国際法」の常識であった。

状況が極めて不利になり、もう対策の術を失ってしまった日本政府および軍首脳部は、和平交渉の具体案について検討を始めていた。しかしそれもほんの一部の首脳達のみであった。

天皇から対ソ特使派遣の下命を賜った近衛文麿は、直ちに随員の人選を始めるとともに、かねてから早期終戦を唱えてきた。陸軍和平派の酒井鎬次郎中将に委嘱して、対ソ仲介交渉を作成させ、その後、内務官僚出身で第二次、第三次近衛内閣書記官長を務めた側近の宮田健治とともに、スターリンとの会談の時に提示する「和平交渉の要綱」のとりまとめにかかった。近衛文麿によると、原案は何回も修正された後、やっと「要綱」の成案が出来上がった。

その要点は、(一)、天皇制の「国体護持」を絶対条件とする、その見返りに、(二)、国土については（中略）、「やむをえざれば、国有の領土を持って満足」と、日本の植民地の、朝鮮や満州だけではなく、条約交渉によって合法的に取得した千島列島の北半分や南樺太（現在のロシア領サハリンまで）を放棄する一方、(三)、賠償として、一部の労力を提供するに同意する、として、満州などに在留の軍人、軍属をソ連が抑留し、兵力を国家賠償の一部として労働に服させることを容認するものであった。その場合、対ソ提供する労務用の兵員は、身体壮健な「若年兵」のみを充当して、「壮年兵」は最初から除外することが盛り込まれていた。

この「要綱」は、天皇の裁可を得た木戸文書「時局収拾対策議案」を具体化したもので、当時の政府中枢から成る「最高戦争指導者会議」の承認を得た、公式の対ソ外交基本文書であった。同時にソ連の仲介によって、米英との和平交渉を行い、戦争を早期に集結に導く国策を端的に表した日本政府の公文書でもあった。

近衛はもともと、天皇家と縁の深い、五摂家（ごせっけ）筆頭の家柄に生まれ大貴族の出身、天皇に対する尊崇の念が人一倍強く、共産主義思想は大嫌いで、「スターリン体制」のソ連に強い不信感を持ち、ソ連に和平の仲介を求めること自体に個人としては大反対であった。同じ和平交渉をやるならば、「英米と直接交渉が筋だ」という意見の持ち主でもあった。だが一旦、大命が降下した以上、どうしてもソ連に英米との仲介を取り持ってもらわなければならなかった。

「要綱」はそのための、スターリンとの対ソ交渉になくてはならない、日本政府の最終的な譲歩条件を列挙した切り札であった。

近衛がこの「要綱」の作成に当たって最も気を使ったのは、「国体護持」、つまり天皇制の存続をいかにして貫くかという問題であった。英米両国との和平交渉の仲介を頼むソ連は、もともと日本の国家体制である天皇制とは、政治的かつイデオロギー的にも対立する社会主義国。しかも、ソ連の国父レーニンの提唱によって、一九一九年に設立された国際共産主義の総本山「コミンテルン（共産主義インターナショナル）」は、世界革命を標榜、その支部として結成された日本共産党は、特高警察の弾圧により壊滅状態にあった。だが、戦局に伴って、近衛が最も心配したのは、敗戦の混乱によって引き起こされる「共産革命」の幻影であった。

この近衛は、十数年来、陸軍の一部には「左翼思想」があり、昨今、軍官民にわたり連絡をとりあい「左翼革命」を企てようとしているものがあると考えていた。

しかし戦況はもはや、敗戦必至であり、「左翼革命」となれば国体も何も失われてしまうとして、近衛は四五年二月、天皇に上奏して、軍内部の共産分子を一掃することによって、共産革命の芽を事前に摘み取る必要性を訴えたほどであった。

こうした情勢を考えると、国体護持を絶対条件として、天皇制の存続を図ろうとすれば、中立関係にあるソ連には応分またはそれ以上の対価を支払わない限り、英米との和平交渉の仲介役を買って出ることはないのではないかとの危懼が、近衛の心中に沸き起こったとしても、いっこうに不思議ではなかった。

近衛と富田の間で「要綱」の作成を巡り、激論が戦わされ、何回も修正の筆が加えられたのも、また当然のことであった。

その結果得られた成果は、日本が保有する領土は「固有の本土」つまり本州、北海道、九州、四国とその付属島に留まり、日露戦に勝って分捕った台湾、朝鮮、満州、樺太（南サハリン）だけでなく、千島、樺太交換条約によって平和裏かつ合理的に取得した千島列島の北半分や、沖縄まで引き渡す、といった「大盤振る舞い」の対ソ条件を明記する始末となっていた。

だが、領土のこうした「投げ売り」が、どの程度功を奏するのか、その保証はなにもなかった。ソ連はこれによって、果たして満足するだろうか？一旦そういう疑心暗鬼に取りつかれると、近衛は矢も盾もたまらなくなって、ソ連の歓心を買うために、遂に「兵力賠償」の提供にまで踏み込まざるを得なくなってしまったわけだ。

賠償というのは、元来、他に与えた損害を償うことを意味する言葉である。この要綱が作成された段階では、日ソ間には日ソ中立条約があって、平和的な国家関係が確立、維持されていて、戦争による相手国に損害を与えた事実は元々なかった。にもかかわらず、兵力賠償の提供を考えねばならなかったのは、「天皇制という国体護持」が絶対条件として実現されるならば、何ら「良心の呵責」を感じないという、天皇を頂点に仰ぐ当時の日本の支配層の「棄兵・棄民政策」の冷徹な論理が一本大きく貫かれていたからで、民主主義国家では到底考えられない蛮行、暴挙であった。

天皇制を国体とする絶対主義国家に生まれ育った日本人が向き合わざるを得ない、民族的な悲劇以外の何物でもなかった。

だが、天皇制を存続させるために、その「人心御供」に差し出される兵、民は、たまったものではなかった。国の棄兵・棄民政策によって、後に、ソ連によるシベリア抑留を合法化する要因を作ったこの「要綱」は、「天皇制国家日本」の本質とその人道性を、世界に曝す典型的な歴史文書として、その悪名を残すこととなったのである。

従って、将兵達は戦争が終わってほっとしたのもつかの間、戦勝国ソ連への賠償金代わりとして、労務提供の対象とされてしまった。軍人、軍属の他、一般邦人、開拓団員等含めて、六十万人余が、約一万キロメートルもある（近くても数千キロメートルもあった）その沿線に設置された、約二千カ所の収容所に入れられた。過去の長い戦争で破壊された、ソ連全土にわたる膨大な箇所の復旧作業、しかも時には零下四十度を超える程の酷寒の中で（私の体験の最高はマイナス四十六度でした）、人間の食べ物とは思えない貧食、その上、作業はノルマ（作業基準量）付き、その作業成果量により翌日のパンの大きさが変わってくると言う、理不尽な取り扱い等、実に、寒さ、貧食、重労働等の三重苦の実態であった。

そしてその抑留期間は、平均で三年間、長い人は十年間も、この世には例のない出来事であった。

こうした、過去に例のない出来事は、子々孫々の時代に繰り返してはならない、そのためには、学校教育で取り上げてでも、シベリア抑留の実態は、この世の続く限り、伝え残すべきと思う。

「日の丸を信じ　男の花道と
　召されし　若き日々は還らじ」

四　軍事捕虜とは

捕虜とは、最も大規模な国家権力により人権を破壊するという理不尽な戦争によって発生するものです。とりおさえた相手国の人間を強制的に自由を拘束して、国際法上、自国の権内に置くことです。

これまでの例では、ほとんどの捕虜は監視つきで、戦勝国の思いのままに強制労働をさせられています。時には自国の要塞作りに使用されて、その要塞構築が完了と同時に、相手国に機密の漏洩ということで、直ちに殺害されてしまうことも多くあったようです。

捕虜にも種類があったようです。

イ、交戦中に自ら手を揚げて降参して捕われの身になった者

ロ、戦いに敗れて、やむを得ず捕われた者

ハ、捕われてから逆に、自国の方へ銃口を向けて敵対行為をした者

こうした捕虜は、いつの場合も悲惨な非人道的な取り扱いを受けるのです。私の場合は、戦いに敗れて、やむをえず捕われたのです。当時は軍人になることは、いつかは戦死するだろうと死の覚悟はしていたのですが、まさか捕虜になるとは夢にも思わなかったのです。ましてや、日本の天皇制軍隊では「生きて虜囚の辱《はずかし》めを受けず、死して罪過の汚名を残すこと勿れ」と徹底的にたたき込まれていましたから、この一節が日本軍隊を誤らしめた最大のものといわれていました。

先の大戦での、シベリア抑留のように、一挙に六〇万人を捕虜にして強制労働させたことは世界的にも例のないことです。

その中には、無抵抗な民間人が、六万人以上もふくまれていた。しかも、私と同じ収容所には、親子が三組もいて、さらに理不尽なことに、これが戦争が

終ってからの行為であり、絶対許されるものではありません。

この戦争捕虜については「ポツダム宣言」に「戦争終結後の将兵は直ちに自国に復員して、自国の平和産業に従事すべし」とあります。この取り決めがどうして実行されなかったのか、このことについて、大きな疑問と強い怒りを感じます。

そこで、私達シベリア抑留者で組織する全国抑留者で組織する全国抑留者補償協議は、この疑問の解明と、あの酷寒シベリアで数年間（長い人は一〇年以上も）敗戦国日本の賠償の肩替わりとして、強制労働に従事させられていた者達が国へ、その労働賃金を支払うよう求めたのです。

だが、そのことがどうしても認めてもらえず、やむを得ず、裁判に持ち込みましたが、その結果は敗訴に終わりました。

しかしこのことは、人道的立場、国際的常識からしても決して承認されるものではない、声を大きくして叫びたいのです。

五　シベリアになぜ連行されたのか

当時の日本外交が、我々のことを少しでも考えたのであれば、もっと変わった結果があったと思える。

一九四五年七月十七日、米・英・華・露による、ドイツのポツダムにて宣言された「ポツダム宣言」があった。

この宣言は、七月二十六日に日本に提示されているが、日本はこの受諾を、八月十五日まで延ばしてしまった。

この宣言の第九項には、「日本軍部は完全武装解除された後、直ちに各自家庭に復帰し、自国の平和的生産の生活を営む機会を与えられるべし」となっている。(この取り決めがどうして実行されなかったのか、このことについて、大きな疑問と強い憤りを感じる。)

ところが、日本政府・関東軍(参謀長秦彦三郎、瀬島龍三)は、こともあろうに、戦勝国ソ連の荒廃した国土復興のために、我々兵と民間人(特に開拓団)を合わせ、六十万人(この中には、国の政策により、満州開拓団として、行政が市町村役所をフル回転させ、特に、次男、三男を対象に、半強制的に送り出された人たちも多く含まれている。その中には私と同じ収容所に親子三組おりました)を労働力として提供して、敗戦国日本の賠償の肩代わりにした。政府や軍にとってはこうした犠牲者のことは全く論外で、国体護持を条件に取引したもの、と、多くの識者が言葉や記録として残している。

我々日本人と一緒に捕虜となり、一緒に強制労働させられていたドイツ人

（ゲルマン民族）は、終戦から一年以内にほとんどはいなくなり全員復員した。更にドイツ政府は、その復員した人たちに、国の過ちを認めて全部補償しているのだ。日本は、ドイツのこうした捕虜思いの温かい政策とは全く逆に、冷たく、実に許しがたい大きな過ち、失態を繰り返している。

捕らわれた我々は、まったく自由のない、奴隷のような生活が始まった。時計など誰も持っていなかったが、夜中の二時か三時頃のことと思う、お世辞にもきれいとは言えない、暗く、汚い、不気味な感じのする丸太積み上げの建物の中に押し込まれてしまった。

もとより、捕虜になったら死を覚悟することは当然、という考えでいた。しかし不安と死にたくないという意識はあり、人それぞれの想いで、複雑な気持ちでいっぱいだったと思う。

この建物の中に押し込まれてみて、もう何十年も前に建てられたらしい、入ってすぐ、やはりこれはとても帰れる気配は全くない、あきらめる以外何もないようだと思った。そのとき、上官の誰かが、もうこうなってしまった以上、帝国軍人であったことを忘れないで、あまりみにくい最期をしないようにしようと気合をかけ・・・でもこれからどうなるのか・・・死の覚悟はあっても、やはり不安、恐怖はつきまとうばかり・・・。

六　捕らわれてソ連の囚人と交代

このことについては先に二〇〇一年に出版した「凍土の青春」の内容と若干重複する部分があると思う。ご了承願いたい。

一九四五年九月一日、満州の海林（はいりん）という駅近くにて、ソ連軍によって武装解除されて、完全なる捕虜の身になってしまった。この時の私の服装は、気が付いてみると、地下足袋で、破れて足は数カ所露出し、上衣の破れは大きく、針金で繕っていて、どこでどうしてこうなったのか全く不明で、自分でもびっくりした。

捕らわれてからは、毎日戦勝国ソ連軍の引率命令、指揮、誘導により、満人が丹精込めて作った作物を、所有者の満人が居る目の前で、悪気無く略奪するのであった。所有者の満人は当然、黙認するはずはなく、怒り心頭、鎌や鉈を振りかざして追いかけ、逃げ足の遅いものは捕まって危害を加えられる、毎日がこの繰り返しであった。

この略奪品を主食として命をつなぐことおよそ五十日間、ある日突然、綿入れの満服を渡されて着替えた。何の目的だろう、不安が募る中、「トウキョウ、ダモイ（日本（東京）へ帰国する）」の言葉にだまされて、十月二十五日、（牡丹江にて）ソ連軍が戦利品として手にした、かつての日本製であった満鉄の貨物列車のコンテナ箱の中に押し込まれてしまった。

その中は、バラ板で作った二段式の棚が寝床になっていて、窓は三十センチ位が一個、排便は三十センチ位の樽桶を入り口に置いて、大小便共用で使用する。乗せられている箱の外には、鉄製の大きな鍵が、実に耳触りの良くない音でかけられ、日本に帰ると言うのにどうしてこんなに厳重にする必要があるのだろうか、逃亡されると困る、日本人は命知らずだから、特に集団行動を起こされる等々、真っ暗な箱の中でいろいろ想像するが、不安は全然変わらない、列車は酷寒零下の夜中、うっそうたる大密林の中を、行先不明のまま、不安と恐怖を抱えた敗戦兵を満載して、押し込められている我々が抱えている不安、恐怖は全く関係ない、と言わんばかりに、貨車は北へ北へと走り続ける。

何日位走ったか、ここはどこかも全く不明だが、窓から外を見ていた仲間が、突然大きな声で「海が見えてきたぞ、ウラジオストックだ」と叫ぶ。仲間の多くが、箱の中の静けさを破って、窓の近くに寄り合い、間違いなくウラジオだと、みんなが諸々の言葉を出し、期待と笑顔で、安堵感と落ち着きで、静かになり胸をなでおろし、少しは不安も消えたと思われ、うとうとした。

しばらく走ると、誰かが「橋が見えてきた」と言う。別の誰かが「海に橋があるもんか。河ではないのか」と語気を強めて言う。

仲間たちは、海と河の両論でにぎやかになる。そうこうしているうちに、列車は橋を渡り始めた。やはり河だよ、ウスリュウ江（川幅約2～3キロ）だ、もう駄目だ、行先不明、不安いっぱい抱えて、ガタゴト揺れながら、夢も希望もない、捕らわれの者たちの沈黙の貨車は、捕らわれの不安の気持ちとは関係なく、黙々と走り続ける。

途中、ソ連国境の「綏芬河（すいふんが）」に着く（この地は秋田十七連隊の主力部隊の駐屯地であり、私の地区からも多くの兵隊が来ていた)。この駅近くでおよそ二時間停車。カンボーイ(歩哨)が回ってきて、外の鍵を外してドアを開けた。その瞬間、捕らわれの将兵達は、我先にと外へと飛び降りて、車両の下や、その辺の草むらと、所かまわず、しゃがみこんで尻を丸だしにして、大小便の放出。汚いとか臭いとか、そんなことは考えていられない。全く切羽詰まっての行動。数百人が、千人近い人が一斉にしゃがみこみ、りきみながら、音を出すやら、おおにぎわい。

ここで若干の食料品が支給され、車両毎人数の確認をしたところ、どこかの車両で二名足りないこととなった。さあ、大騒ぎ。日本側の通訳と隊長が呼び出され、ソ連軍の幹部がものすごい勢いで怒鳴りつけるのだ。しかし列車は停車してからもう二時間以上過ぎ、逃亡したことは間違いない。

みんなは「うまくやりやがった」と半分喜び、でも、捕まったらもう終わりだよ、とも言いあった。この二人はたぶん、満州での生活経験も長く、地理にも詳しく、満語にも相当自信があったと思われる。必ず成功してほしい、と、ほとんどの仲間の後押しの意見であった。

この二人は、何かの機会に、トウキョウ、ダモイ（帰国）ではなくソ連領に拉致されることを確信しての行動であったと思う。

この「綏芬河」の部隊の兵舎は、山腹を掘り、半地下式にして構築したもので、ソ連領内からは知ることができないような作りになっている、と後日、この部隊の経験者から聞き知った。この綏芬河からトンネルを抜けると、もうソ連領のシベリア地方になる。

我々捕虜を満載した列車は、ソ連領内に入り、野越え山越えして、雪とうっそうたる白樺や松の密林の中、それに静けさも加わり、不安と不気味で、心ばかりか、顔色も変わり、誰も口を開く者さえいなくなった。

こうして、日夜区別なく、薄暗い大密林の中を走り続けて、夜中でも、不安と恐怖いっぱいの身体で眠ることもできず、ウトウトしている時、全員下車の命令が出た。そしてカンボーイが外から鍵を外しはじめ、あちこちから、ガチャ、ガチャと音が聞こえ、ドアが開けられた。

外を見れば、真っ白な雪ばかりで何が何だかさっぱりわからない。ダワイ、ダワイでせかされて、順次外へ飛び出ると、遠く一〇〇メートルくらいの所に、雪明りとともに、薄ぼんやりとした明かりが見える。駅らしく思える。

ダワイ、ダワイで集まったところは、駅で、五、六軒、いや七、八軒位で、あまり上品でなさそうな丸太づくりの建物が見える。全員集合で整列して、人数確認したが、異常はなかった。

この無人の小さな駅は、ピワニという地名。零下のこの夜中に、若干ではあるが生活用品（食器代わりの空缶、夜食等）を背負って、歩け、の命令である。

行く先は全く不明で、不安は募るばかり。いくらダワイ、ダワイと怒鳴られても、衰弱している体に、気温は零下、この夜中の雪道を歩けたものではない！

それでも、一時間以上歩いたと思う頃、小休止の声で停止、雪の中へ腰を下ろし、早いものは一分もたたないうちに眠ってしまう。眠れない者も、頭を下げてウトウトしている。その間もカンボーイは、銃口を向けて、周囲を取り巻いてにらみを利かせている。

ダワイ、ダワイで引き立てられ、重い足を引きずりながら、再び歩き始める。綿入りの満服を着ていても、シベリアの零下の夜更けの厳しさは骨の芯まで凍みとおる。時間の経過とともに、距離は延びなくなり、同時に足の運びはだんだん小さく、隣同士の会話もほとんどなくなってきた。

目標、行先の不明な行動とは、何と言ってよいか全く表現のしようがない、というのが現実であった。昔からの言葉に「雲をつかむ様な話」というのがあるが、その雲さえ無いのだ。

夢も希望も無いばかりではない、どんな所で何で殺《や》られるのか、いくら覚悟を決めようとしても、不安と恐怖は絶対に消すことができない。寒さ、空腹、疲労、不安を抱えながら、足を引きずり、おおよそ十キロ位を二時間位と思うほど、歩かされた。

カンボーイの命令が出た。皆、何事かと戸惑いながら立ち上がった。日本人の幹部とカンボーイが、何やらがやがや話し合っている。立ち止まっている仲間の兵隊たちも、不安と恐怖から、雑談が騒がしくなってきた。

そうこうしているうちに、我々の進行方向右側、およそ七〇～八〇メートル位のところに、電気ではない、ランプのような薄ぼんやりした灯りらしいものが目に入った。同時に見えたのは、木製で高さ四～五メートル位、横幅七～八メートル位で左右に開く扉であった。その両側には、銃を持ったソ連兵が銃口を向けて立っている。

この時、近くにいた仲間が、「あっ、もうダメだ。俺らはもうおしまいだ」と言うのが耳に入った。その日は十一月三日で時刻は午前二時か三時頃であったと思われる。

別の仲間の誰かが、「今日で終わりか・・」という力気のない独り言。また別の誰かが、「今日は十一月三日、明治節（明治天皇誕生日として国民が強制的に祝わされていた日）だ」と言う。数人が「あっ、そうか」、別の一人が「明治節で終わりか」とつぶやいた。ここで死の覚悟、三度目になった。

後日考えたのであるが、自分の生命の終わりを予感した時の思考力は、全く無に等しくなるものだ。自分が何が原因でこうなったのかを全く考えられなかったのだ。

私は自分の最後の瞬間らしいことを少しでも経験した、その気持ちを残されたわずかな人生に教訓として生かしたいと思った。

しばらくすると、先ほどから見えていた二枚の大きな扉がギューギューという音とともに開かれ、ガヤガヤと人々の聞きなれない声が聞こえてきた。

薄暗い中よく見ると、丸太づくりの舎内から、体格のがっちりした人たちが、後ろ手に縄をかけられて出てきたのだ。その数およそ百人位。その人たちはなんと、ソ連の囚人たちではないか、と誰かが言った。

この囚人たちと交代で、我々が入れられるのか、薄暗いので周囲の状況はさっぱりつかめない。だがただ一か所、本柵の内側にある、守衛所と思われる建物に、薄ぼんやりした灯りが三か所見えてきた。前のほうにいた誰かが、「なんだ、あの灯りは。ランプではないか」と言うのでよく見ると、やはりランプであった。

こうして雪の夜中に立たされること、およそ一時間以上であったろう。時計は武装解除のときにもうすでに全部略奪されてしまったので、正確な時間など分かる者は誰もいない。

ソ連の囚人達が出て行った後、しばらく経った時、カンボーイが近づいてきて、「ダワイダワイ、ブイステリ」と叫ぶので、みんなぞろぞろと歩き出した。およそ七十メートル位進むと、「ストーイ」の合図で止まった。前を見ると、丸太の積み上げで作った建物が六、七棟立っている。

ここで我々の幹部とソ連兵が何か打ち合わせのようだ。それが終わって、それぞれの建物が、各隊に編成・割当てられ、入居することとなった。そして押し込まれたところは、丸太積み上げで建てられた(今の日本でいうログハウス)、一部屋がおよそ三〇〜四〇坪位で、床は板敷き、真ん中に大きい薪ストーブ(ドラム缶位)が一台あり、薪は不自由なく充分利用できた。周囲には二段式の木製の棚が寝台となっており、その作り方たるや、木の接続部分の締まりがなく、上がったり下りたりする時は、ガタ、ガタ、ギシ、ギシと音が出るのであった。鉋（カンナ）はもちろんかけていない。材料の製品は不揃いで、きわめて粗雑な作りであり、みんなは入った瞬間、なんだこれは、と驚くばかりであった。灯りは中央にぶら下げてあるランプだけ、それも布の芯に石油をしみこませて灯す、その火を覆うものは無く、油煙がものすごく発生するので、朝起きると鼻の中は真っ黒い油煙のカスでいっぱいになっていた。

我々をこんなところへ押し込んで、この後どうする気であろう。また、別の恐怖と不安が身体中に充満してきた。

この後のことが、全く想像できなかった。捕らわれの身として、極寒の中で、きわめて貧しく少ない食事、ノルマ付きの強制労働に明け暮れる日々の丸三年間、全体六十万人の一人として、世界に例を見ない、捕虜生活が始まった。

七　捕虜でなくどうして抑留というのか

ソ連軍に投降したのは、旧満州等に駐屯していた関東軍将兵およそ六十万人であった。その取扱いは、英米軍などとは全く異なっていた。

戦時中のソ連は社会主義国家の看板を掲げ、ナチス・ドイツとの戦いに全力をあげていたが、その政治体制はスターリンの個人独裁によって支配、統括されて、「全体主義国家」であった。連合国の一員とは言うものの、ソ連の軍隊は、連合国軍最高司令官マッカーサー大将の指揮下にはなく、スターリン統制下の、連合国軍から完全に独立した一個の「主権軍」であった。したがって、捕虜の処置の問題についても、米英軍等ほかの連合国とは全然違った考え方を持っていた。事実、満州等でソ連軍に投降し、武装解除を受けた関東軍将兵は誰一人の例外もなく、ソ連軍現地司令官から戦時捕虜になったことを通告され、以降、日本帰還に至るまで、この身分が確定、継続したのであった。

この事実は、極東の沿海地方のジャリコーワで日ソ停戦会談が開かれた時にも確認されている。関東軍の敗北後の四十五年八月十九日に行われたこの会談で、極東ソ連軍最高司令官ワシレフスキー元帥は、関東軍総参謀長秦彦三郎中将に対して、「無条件降伏の軍隊は全部捕虜である」と申し渡した。

秦中将は即座に、「戦闘行為終了後に拘留された者は、国際法上捕虜ではない」と言い返したが、それ以上反論を続けなかった。

秦中将はのちに、「ソ連は不当な主張を勝者たる立場で我が方に押し付けた」と泣き言を言っているが、会談が終わった後でいくら嘆いても遅すぎる。文句があるならばなぜ、会談の席上で正々堂々と自説を主張しなかったのか。戦争に負けたとはいえ、秦中将は関東軍を代表して、ソ連軍との停戦会談に臨んだ人物、関東軍の最高責任者であったのに。

秦中将がソ連に申し入れたのは、①日本軍の名誉を尊重せられたい、②居留民の保護に万全を期せられたい、③治安維持のための関東軍将兵の武器携帯を要望、これに対して、ワシレフスキー元帥は、①②についてはその要望を受け入れたが、③については見事に拒否された。そして捕虜の身分とその権利などについては、一言も言及していない。

後に禍根を残したといわれている、日ソ停戦会談は、次のように分析されている。

秦中将が犯した最大の過誤は、戦争に負けた将兵が捕虜に取られたことが明らかになったのに、秦中将はソ連軍による捕虜の処遇、つまりハーグ条約（一九〇七年）や、ジュネーブ条約（一九二九年）で保証されている捕虜の権利や人権問題、更に本国送還の時期・方法などについて、何ら説明を求めず、また主張もしなかったことである。

従って、停戦会談後に、シベリア等各地に拉致、抑留された六十万人余の関東軍将兵の身分が、国際法上の捕虜であるにもかかわらず、全く無権利状態のまま、平均で三年間、長い者は十年間も、酷寒で酷使されたのだ。加えて、六万人余の尊い人命が犠牲になっている。おそらくその埋葬地さえも、確認されていない場所も多くあるのだろう。

軍の恐るべき棄民行為の実態（一部）

八月九日未明、ソ連軍が国境を越えて侵攻して来た時、軍の首脳部は前日の八日にその情報をキャッチしていたと証言する人もいます。

軍はもう少し早く、各開拓団に連絡してくれれば同じ避難するにしても、現地人の若者を頼むことも、馬車を雇うことも、その他諸々の準備などもでき、もう少しは充分な避難態勢ができたと思います。そしてそのことにより、犠牲者の数も、捕虜の数も、相当違っていたことと思います。

事実、本書（凍土の青春）の第二章に記してあるとおり私達部隊は出陣命令により駐屯地の宝清を出発、行軍して約二時間半ぐらいして、約八キロの地点にある小城子開拓団に到着しましたが、その時、主として山形県出身の男子はほとんど根こそぎ召集されて、老人、女性、子どもばかりの約六〇人程の団員しかいませんでした。その人達はわれわれの部隊が行くまで、開戦になったことは全く知らされていなかったのです。時刻はおよそ一一時半頃で、軍の上層部が開戦をキャッチしてからはおよそ一〇時間以上も経過していたのでした。

この時の開拓団員、女性、子ども達の慌てぶりは今でもはっきり目にうかびます。

緊急事態を告げる鐘を鳴す。乗馬を走らせて遠くの畑地に知らせに行く。子ども達を急がせて着替えや持物の仕度、食べものの仕度、お年寄りの仕度。何をいくら持てば良いのか、家の中はどうして行けばよいのか、全く予期しない初めての避難行動で上を下への大さわぎでした。

国策として、国をあげて宣伝誘導し、異国の未開の荒地へ入れて、最後は捨ててしまう。

このことは開拓団の人達にとっては、どんな釈明をしようとも、絶対納得できるものではないことでしょう。

ソ連軍の攻撃の際の軍の棄民行為について、本県のＹ氏は『棄民』という本の中で大要、次のように述べています。

一九四五年八月九日のことです。

黒河省の嫩江《ノンジャン》電報電話局に故障係として勤務していた時、偶然、レシーバで「旅団長閣下ですか、こちらはチチハル師団司令部のヒロ参謀です。西満方面から侵入してきたソビエト軍を迎撃して、一大作戦をおこなうので、ぜひ閣下のご出馬を仰ぎたいのです」との電話を耳にしました。

関東軍の旅団長は、この師団司令部の要請を受けて嫩江にあった機関車と列車を総動員し、自分の家族と直系の部下を引き連れてチチハルに向ったのです。しかし関東軍とソ連軍との一大作戦は行われずに、八月一五日の終戦を迎えたのでした。なんのことはない、一大作戦の名による上層部の逃亡であったのです。

実は八月八日、ソ連が日本に対して宣戦を布告し、翌九日、午前零時を期して、国境全域にわたって侵攻を開始しました。これに対して日本の大本営は一〇日、ソ連軍と戦うのではなくして、中国東北部全土の放棄を認める旨の命令を関東軍に出していたのでした。

関東軍上層部はソ連軍の侵攻前に家族の大半を帰国させ、自らも飛行機で逃げ帰っていた者までいたと言います。

その一方で、関東軍指導部は、一七歳から四五歳までの日本人男子を現地で根こそぎ動員していたのでした。

さらに前書の中で、「黒河省嫩江《ノンジャン》県義勇隊開拓団甘嘆書」は次のように述べています。

同開拓団図に嫩江地区司令官の少将から、八月一二日に、「一六日を期し、婦女子はチチハル方面に避難する。特別列車を用意し、避難地点までは軍司令官が責任を持つ」と指令がありました。ところが一三日には、「前命令を見あわす。別命があるまで現地に踏みとどまり、場合によっては死守せよ」と命令してきました。

男子は日ソ開戦直前の「開拓農民根こそぎ応召」で、すでに前線にかりだされていました。残された老人や女性、子どもたちは玉砕を覚悟で銃を握ったといいます。

ところが、八月一五日、駐屯軍の主力は、開拓団の知らぬまに、司令官以下、準備していた避難列車に乗ってチチハルに撤退してしまったのです。

とり残された同開拓団が「無条件降伏」を知ったのは一七日でした。

日本政府と関東軍は邦人の生命と財産を守るという国家としての基本的な任務を放棄して、邦人の「棄民政策」にでたのでした。

これを書かれたYさんは『棄民』の中でまだ数多くの史実を記録されています。

この大戦により、生れた捕虜は、われわれ軍人だけでなく、このような軍の棄民行為により開拓団員をはじめ、数多くの関係ない邦人が大量の犠牲になったり、捕虜になったりしてしまったのでした。

八　シベリアの生活環境とその実態

労働は強制でノルマ（一人一日の作業基準量）付きで、土工、伐採、建築、鉄道、貨車の積降し、医務室、製材業、木工、馬夫、機材庫、その他、我々の生活のための炊事、洗濯、床屋、風呂、パン配給所等、数多くの作業種があった。どの作業も全部がノルマ付きで困難を極めたのである。

そのノルマは、ソ連人のあの剛健な体格を基準にして決められているので、我々は、その基準にはどうしても達することができない。精神的にも肉体的にも、苦労の連続であった。加えて、寒さ。最も寒いときは、マイナス四十六度もあり、防寒の衣服は厚く重いので、身動きは極めて不自由になり、慣れない作業には大変な苦労であった。さらに食料は量、質共に、言いようのないような貧しさで、人間生活に必要なものとは思えず、嘆きや困難の連続であった。

その種別毎の実態は次の通り。

イ）寒さについて

寒さというよりは、露出している部分、特に手の指、鼻、耳、顔等は、ビリビリと痛みを感じる。私の経験では、最も大きく下がったのは、零下四十六度の時があった。

およそ三十五度位になると、危険であるとして、ソ連側が外出は絶対禁止の命令で屋内待機の措置をとった。この時ばかりは皆大喜びで、部屋の中でごろごろして寝て休めるのであった。そのため、仲間の皆は、いつも気温が大きく下がることを願っていた。

水分を含んだ濡れタオルをもって、外を五十〜六十メートルも歩いていると、そのタオルは棒状に凍ってしまうのであった。

小便が凍る、という話もあったそうだが、それは寒さを大きく表現したいためのの誇張ではないかと思う。私は凍るところまでは実際体験していないし、見たこともない。

私の大先輩で多くの人から尊敬されている「ソ連における日本人捕虜の生活体験を記録する会」会長の高橋大造さんは、「四十六年目の弔辞（高橋さん自費出版）」の中で、作業現場に往復する冬の光景を『ひたいの部分の防寒帽の毛に吐く息が凍って、短いつららとなり、その奥で飢えた目だけが光っている異様な集団が、作業の往復に声を発することもなく、ただ黙々と、飢えた体を引きずるように歩く光景はまさに襤褸（らんる）の集団である』とそのものずばりと表現している。

大便は、汲み取りならぬ、掘削作業であった。大便所は二階になっていて、梯子段を上っていき、一人毎に区別してはあっても、隣との仕切り板はなく、五〜六人が横に並んで、隣同士が顔を見合わせ話しながら、両足の踏み板の間から下へ落とし、その下から身を切られるような零下の冷たい風が、お尻をビリビリといたみつけるのであった。排出された大便は、その瞬間は生暖かく、湯気がほんの少し出るのだが、下へ落ちたときにはもう凍ってしまい、直立のままになるのであった。次の人が前の人の分と重ならないように、お尻を右か左へずらさなければならない。そうしないと、たちまち積み重ねられて高くなり、踏み板につかえてしまうのだ。

この糞岩が満杯になった時の作業が大変だ。山のような大便は岩そのもの。便所の下へ入っていき、つるはしで少しずつ掘削して、ある程度崩したら、スコップで馬橇に積んでどこかへ捨てに行く。この掘削中に身体に跳びはねても氷そのものだから、嫌な臭いなど全くしないのだが、一旦部屋の暖かいところへ入ると、凍っていた便粉が解凍されて、臭いが激しくなり、部屋の隅や寝台の上の方から、「今日、便所の清掃に行ったのは誰だ、外ですっかり放り落して来いよ」と大きなどなり声がかかった。部屋の中は、こうしたことで叫んだり、若い兵に気合をかけたり、穏やかではない空気の日々であった。

この頃はまだ、軍隊当時の階級制が残っていた。私のような若い下級兵たちは、戦々恐々の毎日であった。

ソ連は、いつも予告なしの突然命令での行動要請であった。九月のある日、また突然の命令で「明日、ここ一〇八収容所から全員移動する」と命令、もちろん行先は不明。

この地より少し（一〇〇メートルぐらい）先にある、駅舎のない、線路上に停車していた貨物列車のコンテナ箱の中に入れられた。一年前にトウキョウダモイの言葉に騙されて満州から乗ってきたのと同様の貨物列車で走り、ついたところは、ピワニ駅近くのアムール河岸であった。

このアムール河は、川幅三〜五キロメートル位と思われた。この河は、冬期間（十一月〜三月）は全部凍結し、その氷の厚さは一・五メートル位、氷の上に枕木と線路を並べて水をかけると、もうびくともしない高低差のない、水平で立派な線路ができあがるのであった。全然揺れることなく走り、対岸との交流は実に簡単に結ばれて、陸地と比べてもはるかに走りやすく、何の欠点もない、最高の線路になる。酷寒の最高の贈り物といえるだろう。

ロ）食事について

あの、想像もつかないような、最悪の環境で、どんな食べ物で、あの強制重労働に耐えてきたのか、多くの人たちに聞かれた。

この捕虜の食料については、「万国捕虜規定」のような規則があったようだ。カロリー計算までして、具体的に決められてあるそうだ。このことは、捕虜になって三年目の終わり頃になって、初めて知ったのである。後日、識者の話を聞いたり、当時のことをよく考えたりして、気が付いたのであるが、食堂の片隅に、カロリー計算した看板のようなものが提示してあったように記憶している。

九十年前の生まれた時から、そして現在も主食としている米など、捕虜になってから二年以上、全く見たことも聞いたことも食べたこともなかった。三年目の終わり頃になってようやく、米の飯を何回か食べた記憶がある。

我々捕虜の主食は、黒パン三五〇gで、今の日本の玄米パンより色はもう少し黒く、それに麦の殻が多く混じっている。食べながら、ふうふうとその殻を吐き出さなければならなかった。三五〇gと言っても、含水量が多く、重量はあっても体積は小さく、現在のビデオテープのケースの半分より少し大きい程度であった。汁と名の付くスープもあったが、自分専用の食器（六号缶の空き缶）に分配されて、中身がほとんど見えない。食器の底に一つ二つ沈んでいて、探さなければわからないほどで、スープのみで従って食べたという感覚はなかった。

このパンは、もともと三キロ位の大きいのが分配されている。それを当日の当番員が部屋の中の皆が見える場所で、刃物で平等に気を配りながら小分けするのであった。周囲の高いところや、寝台の上で目を光らせて、「そっちの方が大きい」「こっちのほうが小さい」とか、更には「その屑をその小さいほうに付けてやれ」とか、様々な文句をつけられていた。

やはりこういう環境になると、人間の食い意地と言うか、あさましさというか、その性格のようなものが表れてくる。今の社会ではとても考えられないようなことが、当時の社会では、日々見られるのが現実であった。

このパンの分配は、後日からパンの分配所で係が、個人ごとに切り分けて分配するようになり、皆ホッとした様子であった。

その頃はまだ、軍隊当時の階級制度が不十分ながらも残っていたので、食事の分配作業はほとんど、下級兵の初年兵達が担当していたが、その初年兵達の中にも、先輩達の目を盗んで、自分のものについては、ほんの一ミリでも大きくという意識が働いていたりして、様々な工夫をこらしていたようであった。

幸いにも、私にはその当番が当たったことがなく救われたのであった。

食欲はこれで満たされるということはほとんどなく、仲間同士の会話全てが、架空の食事の話ばかり。秋は果物、正月は餅等、故郷の季節を思い出しては、架空の食べ物を食べたりしていた。

そのような環境の中で、決して忘れることのできないのが、海藻の「ひじき」のみで、それ以外は何もなく、その「ひじき」ばかり六日間食べさせられた時には、もう腰が立たなくなり、隣の仲間と、もうだめだと諦め半分になり、今度は食べ物で命を取られるのかと、行く先の道がますます細くなるばかりであった。

また或る時は、大豆を塩漬けした魚と一緒に煮て味付けたのを、飯盒の蓋に一食分として配分されたのであったが、余り少ないので、その豆を数えてみた。それはなんと驚くなかれ、たったの「三十七粒」よりなかった。この時ばかりは、あまりにも腹立たしく、「この畜生」と叫んだものだった。それでもさすがに投げ捨てることはできなかった。このときは、私の人生九十年の中で最悪の食事であった。あの世へ行ってからも忘れられないと思っている。この時は、空腹で、肉体的に参るよりも、精神的に参ってしまい、隣の仲間と話す気力さえなかった。

食べ物については、腹の要求よりも精神的欲求が強くなって、食べられると思うものは何でも食べた。夏から秋にかけて見られる、野生の「きのこ」「へび」

その種類は不明だが、作業現場で焼いてずいぶん食べた。

今でも忘れることのできない、あのおいしさ、満腹感、心地よい気分。それは、コルホーズの畑から誰かが盗み取ってきた、芯まで凍った「カポースタイ（キャベツ）」、それを焚火で温めて、上皮を一枚一枚はぎ取って食べた。その味は、この世にこんなうまい味があるだろか、と感じたものだった。

食べ物で、今でも一人で苦笑することがあるのが、作業場への行き帰りに酷寒の道端から拾ってきた「カルトーシカ（馬鈴薯）」。凍っていると思い、大切に部屋も持ち帰り、ストーブの上に載せて解凍したら、なんとそれは「馬糞」であった。こうしたことは、あちらこちらの多くの収容所で、多くの仲間たちが経験していたようだ。この頃は口に入るものは何でも食べたいという気持ちが体いっぱい充満していた。

この頃のソ連国の経済状態は、極めて悪化していたようだ。過去のドイツとの戦争のため、食糧はもちろん、鉄鉱、鉄鋼はじめ、あらゆる物資は兵器産業に使い果たしてしまい、ソ連一般国民も大変な困窮生活を強いられて、全てが戦争に集中し、その真っただ中にあったようだ（かつての日本も戦争中は、このソ連と同じく国民生活をすべて犠牲にしていた）。

更に追い打ちをかけて、大穀倉地帯でソ連全土の食糧を一手に引き受けていた。ウクライナ地方が、前年に、何十年以来の大凶作であったこと、加えて、戦争の傷あとで輸送機関も極めて不便で、空っぽの倉庫があちこちとずいぶんあった。又、倉庫に荷物（食糧等）はあっても、運送機関が足りないのでどうしようもなかった。

しかしこうしたソ連の国情は、言葉では理解できても、実際に疲労、栄養失調の限界にきている身体としては、いかなる理由があろうと、簡単に認められるものではない。

夏の星夜には、仲間とともに外に出て、ものすごくきれいな「北斗七星」を眺めながら、あぁ、あの星が、日本のふるさとから、何かウマい食べ物を運んできてくれないか、と何千キロも離れている生まれ故郷を思い浮かべながら、かなわぬ願いと知りながら、仲間とともに話し合ったことは、一度や二度でなくあった。

ハ）土工作業

朝七時ごろ出発して、およそ四～五キロ位の歩行で現地へ。何のための工事かは忘れてしまったが、使える道具・器具は「エンピ（スコップ）」「キルカ（つるはし）」「ターチカ（木製の一輪車）」だけで、それ以外の道具・器具らしいものは全くなかった。最初のうちは「ノルマ」のことはなかったが、三～四日目あたりから「ノルマ」の話が出てきて、強制力が強くなってきた。この土工作業の「ノルマ」、私たち日本人にはとても無理なものだった。ソ連側も、これは見込みがないと思ったのであろう、十日位で止めてしまった。

二） 伐採作業

この作業は、五～六人ぐらいが一組となり、松科のエゾ松、トドマツ、もみの木等で、二五～三十メートル、太さはほとんど三〇～五〇センチもあり、二人で挽くのこぎりで切り倒して、枝を切り落として、その枝を燃やして片づける。この、枝を片付けるというよりも、むしろ我々作業員が、酷寒の零下の中での作業であり、暖をとるために燃やして利用することが主目的になっていたようだ。

この伐採作業のための器具・工具というものはほとんどなく、あるものは「タポール（斧まさかり）」「ピラ（二人で挽くのこぎり）」のみで、その他必要なものは自分たちで工夫して、適当な棒で作ったコテだけであった。

生産された丸太は、長さ二〜六メートル位、太さはほとんど三〇センチ以上のエゾ松、トド松、もみの木、白樺等で、その丸太を一・五メートル位に積み上げるのであった。

一日一人分のノルマは、三・五立方メートルであったが、このノルマはソ連のあの体格の大男たちを基準にして定められたものであり、我々が身に着けているものは、あの重い毛のシューバとフェルト製のボチンキ（靴）で、身体の動きは極めて鈍いうえ、心身ともに疲労し、栄養失調同然の身である我々捕虜たちには、どんなに頑張ってもできる作業量ではなかった。

そこで「背に腹はかえられない」ということで、また明日のパンの大きさにも大きく影響するので、様々なことを考えた。前々日あたりに伐採し積んであった丸太を盗み取ってきて、本日分として積み重ねておくようになった。そのことが運よくソ連の監督に見つからず検査を通過すると、「ノルマを達成しハラショーラボータ（良い労働をした）」と評価されて、翌日のパンは少しばかり大きくなるのであった。

秋田の山の中育ちの私は、この伐採作業については、ある程度知識を持っていたので、あまり心配することはなかった。それでもやはり、零下二〇～三〇度の中で、我々日本人の身体には不釣り合いな防寒具（羊の毛側の外套シューバ、フェルト製の長くつボチンキ、布製の大手套親指だけ分離したテトウー、厚い毛の防寒帽シャープカ、等々の重い防寒具）をつけているので、身動きは極めて不十分であり、決められたノルマなんてとんでもないと、もう最初からやる気のない人がほとんどであった。

やはり、やる気のないので起きたかは不明だが、この伐採作業現場では、多くの収容所で、伐採木の下敷きになったりして、たくさんの作業事故があり、犠牲になられた仲間たちも、あちこちで大分多く出ていたようであった。

ホ）建築作業

この作業は、主として駅舎やその周辺の、関係する住宅の新築作業であった。この建設大工としての経験は全くないのであった。従って、日本でいう「棟梁」となる、今は亡き、島根県大東町出身で、技術的にも人間的にも非常に優れていて、仲間から信頼の高かった長沢宗一さんの助手として作業することになった。

長沢さんは私より十歳以上上で、開拓団から根こそぎ動員で来られたようだ。大変親切な方で、大工としての見本、要領など、こと細かく親切に教えられて過ごしたので、決して忘れることのできない、シベリアでの恩人として、私の脳裏に深く刻まれている。

復員して数年経ってから、島根県の方へ出張した折、私の泊まった宿に、貴重な時間を割いてわざわざ会いに来てくださり、再会することができた。そのときは、あまりのうれしさなつかしさに感無量となり、二人ともついに涙を流して抱き合って喜びを満喫した。

長沢さんが健康で生存しておられれば、今頃は地域でも名高い棟梁として、多くの人々から尊敬、信頼されて、依頼される仕事は途切れることはなかったであろう。誠に残念なことに、一九八四年十月二日、病に勝てず他界されてしまった。実に惜しい人で、残念この上ない気持ちでいっぱいだ。

このピワニ地区の一〇八収容所では、駅舎など三～四棟ほど建てた。この建設作業の最初は、日本の建築同様に土台作りから始まる。シベリアは永久凍土であり、この土台作りは最も大事であり、また最も困難で苦労させられた。

まず最初は、一・五～二メートルの穴を掘る。その大きさは、人が入って掘った土を地上に出したので、その中で作業ができるほどの広さが要求された。私の経験では、およそ一・五メートル位までは凍土であった。その土を掘るといっても、凍土は堅く硬岩とほとんどかわらないほどで、ツルハシなどではいくら打ち込んでも跳ね返されるばかり、何の役にも立たないのであった。

最もよい方法としては、たき火をして解凍することであった。我々作業する者にとっても、暖を取ることもできるので好都合であった。特にシベリアの立ち木は含水量が少なく、生木でも比較的良く燃える。それでも一・五メートルの深さまで焚火だけで凍土を溶かすことは到底無理。決められた正規の作業では、一・五メートルも掘り下げて、直径三〇センチぐらいの土台用の柱となる先端に、同じ太さの長さ一・〇メートル位の丸太で丁字型のゲタをつけて、地中の一番下から地面の部分まで、腐食防止のためクレオソートを塗って埋め戻したことになっていた。

実際、一・五メートルの深さまで掘り下げるのは、もちろん絶対不可能であり、ノルマによるパンの大きさにも関係するので、やはり「背に腹は代えられない」ということで、様々な手抜き工法を考え出した。凍土掘りは、わずか三〇センチ、五〇センチ掘ったところで、ソ連の現場監督の不在を見届けて、土台用の柱と先端に付けるゲタを一緒に穴の中に投げ込み、地上から見える部分のみにクレオソートを塗り、大急ぎで埋め戻しをしたこともあった。

作業終了時間を延長しても、できなかったことがたびたびあったので、現場監督から「ヨツポイマーツ」（彼らが起こる時によく使うことば）と何回も叱られたものである。その上、翌日のパンが小さくされるので、実につらい日々であった。

加えて、家のつくりは全部丸太の積み上げであった。それがまた大変。仲間二～四人位で、二～四メートルも高いところに上げるのだが、担ぐ相手とのバランスが崩れると大変な事故になってしまう。私の現場では幸いにも見られなかったが、他の収容所のあちこちで多く事故があったように聞いている。

前にも述べたが、ほとんどの作業現場も同様、作業するのに、人力以外の道具・器具などはほとんど無い。全く素手同然の作業であり、能率はもちろん、危険極まりなく、ノルマ、パンにも関係してくる。心身ともに、くたくたに疲れ、空腹にもなり、部屋に帰ると貧食極まりなく、ガタガタうるさい粗削りの板の上でも、今でいうバタンキューの日々であった。

それでも私は、前述したように、先輩の長沢氏の好意などに助けられたことが非常に多く、何とか過ごすことができた。決して忘れることのできない恩人だと思っている。

この作業は、真冬で毎日零下三〇度位で息が凍るほどの寒さの中での建築であった。

その翌年の夏八月頃、その建物の近くを通る機会があって見たら地下の氷が解凍して、それは見るに堪えないほどに、新しい建物が、立ち木が倒れかかるように傾いて、見るさまなかった。

やはりこの時は、複雑な気持ちで、なんとも表現のしようもなく、仲間と話もできないほどで、ただただ、あらあら、と言うだけで通り過ぎた。今でいう完全な手抜き工事の最たる標本と言われることであろう。

この建築現場は、最も身体にこたえ、その上ノルマにはどんなに頑張っても届かなかった。そして苦労したのは、幅一二センチ位、厚さ三センチ位、長さ四メートル位の板にカンナをかける、しかもそのカンナの切れ味が悪く、刃を研ぐ砥石もないので、その砥石の代用にレンガを使用していた。そのカンナは、日本のものとは全く逆で、引くのではなく押すのであった。そしてそのカンナかけのノルマは、はっきりしたことは忘れたが、確か二〇〇メートル位であったと思う。とても達成できるものではなかった。

へ）鉄道線路作業

このシベリア鉄道は、その昔はバーム鉄道と言って、バイカル湖～アムール河間で、当時の総延長は九二〇〇キロであったそうだ。現在では、モスクワまで延長して九八八〇キロとなり、長さでは世界一と言っているようだ。今から七〇年前の一九四二～三年ごろの独ソ戦当時、ソ連国内は戦争一色に染まっていた。ソ連はこの戦争のためにあらゆる物資を全国から根こそぎ接収して、ヨーロッパ戦線の兵器に変えていたようだ。従って、鉄道の路盤はあっても、枕木や線路はほとんど無く、レールを敷設した跡は確かにあるが、路盤だけが、大密林地帯の中に一本の線のごとく、果てしなく延々と続いていた。我々の作業は、五人一組で班を作り、その復旧工事であった。この作業は、他の作業現場と違い、ソ連の現場監督が時々巡回してくる程度で、精神的に拘束されていると感じることが少なく、大分気楽にできた。自由という言葉の何分の一かは味わえた作業であった。それでも、慣れない重いハンマーで枕木に犬釘を打ち込み、あるいは枕木を担いで運搬することは大変な重労働であった。全くの初めての作業であり、つらさもあったが、興味をもってやることができた。

この線路を走るのは、ほとんど貨物列車で、長いものは四〇〜五〇メートル位の車両で、全体の長さは一キロ以上もあり、線路幅は日本の線路よりも広いのであった。（当時の線路巾、満洲一・〇五m、日本国巾〇・六二m。現在はもっと広い）

積み込まれている荷物は、全部と言ってよいほど、木材、魚、建設資材、戦勝国として得た戦利品で、ソ連にとっては貴重な大量の物資であり、また、北海地方からの大量の魚（サケ、ニシン）等であった。

時には大変な悪事をしたこともある。大量のサケなどを積み込んできたその時は、列車の中央部がカーブに差し掛かったときに列車の進行方向前にいた二人が赤旗を揚げて列車を停車させて、後方にいた三人がすばやく貨物列車に這い上がり、たくさんのビヤダルに入れて積んであるサケを抜き取って、線路の外へ放り投げる。ある程度盗ったら、前方の二人へ合図して発車させるのである。放り投げて雪の中へ隠したのを、その後取りに行ったら、一尾もなくなっていた。我々が盗み取り放り投げたのを見ていたソ連人たちが、いち早く持ち去ってしまったのだ。我々の口には入らないので、がっかりすると同時に、ソ連人たちの素早い行動には驚かされるばかりであった。

それでも、作業ノルマを達成したとして、少しだが労働賃金を支給された記憶もある。この時ばかりは、お互いに少しばかりの笑顔が見られた。若干の金は手にしたものの、収容所内には我々が利用できる店などはなく、使い道もなく、その金はどうしたか、今では全く記憶がない。

ト）貨物列車の積み下ろし作業

朝作業に出発するための集合の合図はどこの収容所も同じで、鉄道のレールを長さ一メートル位に切断したのをぶら下げてあり、それを叩くのであった。この音の響きは非常によくて、遠くまで聞こえるのであった。朝、昼、夜の区別なく、部屋でこの音が耳に入るのは実にいやな感じで、身震いするほどであった。通常、音は耳で聞くものだが、この音だけは全身がぶるぶる震えるほど。生まれてこの方、こんな音は聞いたことがないというのが実感である。

この作業は、真冬、毎日零下二〇、三〇度位で、吐く息が凍るほどの寒さの中で行われた。

それでも、零下三五度になれば、外での作業は危険とのことで中止になり、屋内休みになるので、どうせ寒くなるならもっと寒くなり気温が下がってくれ、と祈ったものだ。

この作業で本当につらい思いをしたこと――収容所のすぐ後ろの敷地には引込線があり、入る列車は全部貨車であったが、それが来ると、昼夜時間に関係なく、突如として甲高い汽笛を鳴らし、それも一回だけでなく何回も鳴らされる。日中慣れない重労働で疲れ切り、皆物音ひとつなく眠り静まり返っているときに、あの遠くまで響き渡る汽笛の音、耳を通り越して足のつま先から頭のてっぺんまでひびき、身震いするほどであった。部屋ではみんな、アァ、と言いながらもそもそ、のろのろ、いやいやながら出ていくのであった。寝台とは名ばかりの、粗削りの粗雑な板の上で、この時ばかりは囚われの身の辛さをつくづく感じたものだ。

その上この作業たるや、危険極まりなく骨の折れる作業であった。丸太材の積荷作業では、径三〇センチ以上、長さは六～七メートルもある丸太を貨車の下から全て人力で、四～五人で貨車の荷台に積み上げるのである。線路から貨車の荷台までは、一メートル二～三〇あり、貨車荷台の両端に一本ずつ丸太で傾斜に橋をかけて、その上を人の力で転がしながら積み上げるのである。この時皆の呼吸が合わなかったり、押し上げる力が偏ったりしてバランスが崩れると、たちまち丸太は転げ落ちるのであった。このような事故で何人もの仲間たちが大きなケガや犠牲となったようだ。幸いにも私の現場では一件もなかった。

この丸太積み込み以上に危険度が高く、泣くほど苦労をしたのは、砂利の荷降しであった。鉄道の復旧工事に使用するもので、四〇～五〇ミリ程の大きさで大きな貨車の荷台の左右にあるドアの高さより高く盛り上げ積んである砂利を降ろすのである。まず最初にドアを開けるのだが、これが最高に危険な作業なのだ。貨車の下に入って、重いハンマーで力いっぱい叩いて、ドアを止めているピンを抜くとドアが開いて下に下がる。この時ピンが抜けると同時にドアが下がるより先に逃げなければならない。ここで逃げ遅れると、大変な重量のある大きいドアにひとたまりもなく叩きつけられてしまう。私は直接見ていないが、あそこでも、こちらでも、と数カ所で犠牲者が出たと聞いている。もろもろの作業種の中で、だれもが嫌がった最悪の作業であった。私は一回だけ経験があるが、無事に逃げることができた。

この砂利降ろしは、スコップ一丁ずつ持って、四人でやる。腰に力を入れて全身を使って、四時間か五時間もかかり、空腹と疲れでへとへとになり、その場に座り込んでしまう大変な作業であった。ソ連兵の監督は、ダワイダワイ、ブィーステリー、オデハイネリジャー（休んでばかりではだめだ、早くやれ）と叫んで強制するのだ。心の中では、この野郎うるさい、と無言の抵抗をしたものだ。

もう夜が明けて、三時か四時頃になり、部屋に帰るにも足取りは重く、ふらふらになり、部屋につくなり声も出せず、すぐ横になって、かすかな声であぁ・・・と。

本当になぜ、こんな苦労しなければならないのか、となり、同志でいくら話しても、考えても、何の答えも出ないのが、捕虜の現実であった。

チ）医務室勤務

最初に、なぜ医務室に勤めることになったかについて。医師は私と同じ秋田県の能代市出身で、塚本弘さんという軍医大尉の方であった。

このピワ二一〇八収容所で、私は虫歯の痛みが大変ひどくなり、医務室へ行った。塚本先生が診察して言ったことは、これは抜歯するより外に薬もないし、治療の方法はない、ということ。私はあまり痛みが激しいので、何をしてもよいから痛みを止めてほしいとお願いした。

塚本先生は、麻酔薬も無いからと言って、普通の工具用のペンチを出して、間もなく口の中へ入れたかとおもうと、その瞬間、ガリガリと音を立てて素早く抜歯してしまった。私には首まで抜けるかと思うほどの痛みであった。そのあとその痛みは一層激しくなり、口の中へ脱脂綿をいっぱい詰め込んで、床板の上をゴロゴロと一時間も転げまわった。この痛みは私の人生の中では最高で、一生忘れることができないと思っている。その後、この医務室に二時間以上も居座っていたと思う。

それから数日たったある日、建築作業現場でのみを使っての不慣れな作業中、あやまって左手首に深さ一センチ、長さ五センチほどの裂傷を負ってしまい、血がだらだら出たので、急いで医務室へ走っていき、治療止血していただいた。

そこで塚本先生いわく、このくらいの傷では作業休みをソ連側に認めさせることは難しいので、明日から、この医務室で作業するように、と言われた。私には、このような作業経験もなく、知識も全く無いので、できるかどうか大きな不安があったが、軽く「ハイッ」と答えてしまったのだ。

このことが、私の三年間の捕虜生活に大きな好転をもたらしてくれたので、今でも感謝の念は消えずに残っており、ときどき思い出して塚本先生の面影を思い出している。

当時の捕虜収容所では、どんな病気、事故、ケガでも、作業休みになるにはその都度ソ連側の許可が必要だった。その点について、塚本先生は、大変多くの作業事故や熱発患者があったが、その都度ソ連側と声高で激論を交わしながら、粘り強く、強硬な言葉で交渉して、作業休みを認めさせていた。

やはり今考えても、人命を大切にし尊重する医師として、患者の立場に立ったすばらしい行為だったと思われる。このことにより助かった患者は数え切れないほどであったと思う。

この医務室に来るのは、作業事故や、熱発患者がほとんどであった。このソ連という国は、どんな患者でも目に見えるものでなければ認めない。患部が表面に表れないものは認めない。例えば神経痛、リューマチ、腰痛、肩こり等は、相当はっきりした証拠らしいものが見えなければ、認められないのであった。

塚本先生はその点、熱発患者でも、ほんの少しの証拠らしいものをソ連側の女性ドクトルとポンポベイド（所内の人事、食糧、その一切の権限を責任を持つ主計）を納得させるのが大変で、頑張って苦労しているようであった。

こうしたことについては、日本側医師が、最も弱い立場の捕虜の現状を良くつかみ、その捕虜患者の立場に立って、ソ連側と交渉してくれるかどうか、その医師の腕次第であった。

塚本先生は、何も頼れるものを持たない弱い立場の捕虜患者を守る、という人道的良心で医療業務に努めておられた。このような環境では精神力が無ければみんな参ってしまう、その考えのもと、精神を鍛えることが重要であるとして、相当な気合をかけて元気づけていた。

特に、患者に作業休みを取るためには、ソ連側に対して徹底的に議論交渉して、他の収容所であれば認められないような軽い者でも、作業休みを取って捕虜患者を守っていた。それでもソ連側からの信頼は非常に大きかったのだ。

また、衛生面でも非常に気を使い、医務室内はいつも清潔で、ときどき清潔検査を受けるのであるが、一度も注意・指摘をされたことがなく、何度も「オオチンハラショ（大変よろしい）」と褒められていた。

栄養不良と酷寒が原因と思われるが、熱発患者が非常に多く、毎日のように発生し、医務室に来るほとんどは熱発患者であった。「頭が痛く熱があるようだ」と言って入ってくるので検温すると、ほとんどは三九度、四〇度の熱が出ていた。そのときはもうすでによほど病状は悪化していて、もう肺炎にかかっているのであった。

塚本先生は、もうここでは薬も満足にないし、療養しても治る保証はないとして、熱が上がっていれば十分な薬も注射もないので設備の良い病院に移した方がいい、としてソ連側と大声で交渉しながら入院させていた。

入院と言っても、患者には本当に大変なことだったようだ。私の役目は、この患者を入院のために送り出すことであった。ほとんど毎日のように送り出した。

その病院はゴリン陸軍病院といい、この一〇八収容所から更に北の奥地のうっそうたる森林地帯へおよそ二〇〇キロも入ったところにあり、ゴーリンという地名のところで、この沿海州地方では最も大きな病院であった。この病院の近くには二〇八捕虜収容所もあったようだ。

ここから入院させるために患者を送り出す時は、あまりに気の毒で言葉が出なかった。患者を送り出すために乗せて行くのは、今では全く考えられない、トラックの荷台で、幌の覆いが付いていないときもあった。毛布は何枚か（二枚か三枚）かけた。又は、馬橇の荷台に乗せられて、肌が痛いほどの風を切って馬を走らせるのだ。中には、熱が四〇度もあり、もう普通の状態ではなく、うわ言を言う患者も数多く送り出した。本当に胸を締め付けられる、つらい思いで、言いようのない気持ちであった。

数十人の仲間を病院に送り出したが、数字はつかんでいないが、何人助かったであろうか、退院して、またあの重労働に復帰したであろうか、退院することもできず、誰も見届ける者も無く、かけていた毛布をかきむしる思いで、家族の名も呼べずに、息を引き取ってしまっただろうか、やはり気になるのである。

シベリアの捕虜生活を思うとき、いつもこの入院患者を送り出した時の辛い思いが浮かぶのであった。あの送り出した患者の半数も生還できたであろうか、思い出しては胸の痛みを強く感じる。

この医務室には、ソ連側のマダムドクトル（女性の医師）が毎日来て、患者を診た後、塚本先生との会話で激論したりしていた。年齢は三〇歳後半かと思われ、実にやさしさのある美人だった。私はこのドクトルの誘いで、家へ何度か訪問して、その温情にあづかり、時にはパンやスープも御馳走になった。当時このように食べ物をいただくことは、神様のように思われるほどありがたく感じたものだ。

思うに、かつての日本軍が被侵略国の住民に対する接し方とは、実に比べ物にならないほどで、人種差別の見えない人間性であると、後日強くかんがえさせられた。

　このドクトルの名前は忘れてしまったが、五、六歳になる男の子がいて、「ワリーリャ」と呼んでいた。子供のしつけには非常に厳しく、怒々と大きな声を立てていたが、決して頭には手を揚げなかった。お尻は何回も叩き、本気で怒った時には二メートル位の高さのベランダから、その子供を雪の中へ放り投げたこともあった。この時は本当にびっくりして、あらあら、と独り言を言うよりほかなかった。

　一九九六年に、私はシベリア墓参でこの地へ行った。病院のあるゴーリン地区では、およそ五百人以上の仲間たちが、国の土を踏むことなく亡くなったそうだ。ソ連赤十字社の案内で、この墓地に行ったときに教えられ、その現地を見たのであるが、一応周囲には木棚はあったが、灌木や雑草でぼうぼうとして、全く原野そのもので墓地と思えるような地形ではなかった。かわいそうな仲間たちよ、除草だけでもしてやりたいと思ったのであるが、団体行動で時間の規制があり、見捨てるようにして帰途についてしまった。

ソ連の地元の人たちは、このゴーリン病院の一体を「日本人の原野」と呼んでいて、たくさんの日本人達がこの病院で生活していた、そして亡くなった人もたくさんいたことを語り継いでいるそうだ。

収容所ホルムリ（五地区）の概要

およそ二〇〇㎞の区間（ハバロフスクより四七〇㎞）
収容所の数　五七箇所
収容人数　およそ四一、〇〇〇人（最高四五、一一三人）
内　死亡推定数　一五〇〇人以上
墓　地　五カ所（ゴーリン、エボン、スタルト、フルムリ、ドーキ）
病　院　三カ所（スタルト、フルムリ、ゴーリン）
　分院　一カ所（ドーキ）
製材所　三カ所（エボロン（二）、フルムリ（一））
煉瓦工場　一カ所（フルムリ）
農　場　一カ所（エボロン）
鉄道駅　八カ所（ドーキ、フルムリ、ゴーリン、カリマ、エボロン、アブカ

ン、コムソモリスク、ドーキ）
ソ連囚人収容所　七カ所（ドーキ駅近くに集中）
無電塔　一カ所（コムソモルスク）
鉄　道　一本（ほとんど貨車で魚木材、森林引込線一本）
車　道　一本（走るのは全部トラック）
河　川　五本（本流アムール一本、支流シロコ、アムグン、ゴーリン、スタルト）
湖　　一カ所（エボロン湖、およそ）

八　その他、忘れられない珍事

イ）入浴時の健康度、身体検査

捕虜になって一年半くらい経った頃、ようやく初めて風呂に接することができた。それも一か月間に一回位。風呂と言っても、日本のように浴槽に入るのではない。直径二メートル位、深さも二メートル位の大きい桶に貯めてあるお湯、そこから直径二〇センチ位の小さい桶に湯をもらい、その一杯で身体全部洗い、流すのですから、日本では想像がつかない入浴方法だ。当時、タオル、手拭いなどほとんどの人は持っていなかった。皆、今付けている越中ふんどしを外して、タオル兼用にして使用していた。

それでも、長い間（五〇〇日位）味わわなかった風呂の味は何とも言いようのない心地よい気分で、命の洗濯とはまさにこのことと強く感じたものだ。

限りある一五分位の時間内だったが、身も心も洗われた実に良い気分であった。この入浴にプラスして、食べ物が当たり前であればなぁ、と仲間と何回も話し合ったことをはっきり記憶している。

この入浴時に、全部脱衣して、入浴場のとなりにある消毒滅菌室へ、脱いだ衣類を全部集めて、入浴している間にペチカ（部屋全体を高温にする煉瓦造りの大型ストーブ）で高温にして、脱いだ衣類を、シラミなどの滅菌消毒をする。これは確かに衛生的方法で、大きな効果があったと感じたものだ。

以前は、衣類を脱いで、ストーブの上で暖めると、シラミがストーブに落ちてパチパチと音を立てて焼死する。こうした光景は作業から帰り夕食後、毎日見られたものだ。

この入浴時に、驚いたことに、全裸でソ連婦人軍医の前に立たされて、日本人の床屋さんがいて、その場で腋毛、陰毛、全部剃り落とされるのであった。

最初のうちは皆びっくりして、「なんだ、なんだ」と騒いだものだが、その後は慣れと諦めか、だれも何も言わず、素直に従っていた。このことは、毎月、入浴のたびに繰り返し行われた。

更にその後、婦人軍医の前に全裸で立たされたまま、前後左右、上から下まで検視されて、捕虜たち一人ひとりのお尻の肉を、その女医が自分の手でつまみ、引っ張って、皮下脂肪の大小、有無を見て、その人の強弱を「一級、二級、三級、オツカ」と決められるのであった。

一級、二級は重労働に耐えられる。三級は弱者と認定されて、収容所内外の清掃や除草などの軽作業で、オツカはその軽作業も免除されて休養室で休養することができた。

自分の身体に自信の無い人達は、三級、オツカになることを強く望んでいたようだ。そうなれば、外の重労働から免除されるので、その対象になった人達は非常に喜んでいた。自分の身体に自信のない人達にとっては、当然の願いであったろうと理解できる。ましてや、あの零下の酷寒での作業では特に強く願っていたことであろう。

私は運よく、一級か二級で、三級やオツカになったことは一度もなかった。少しくらい作業が困難でも健康な身体が維持されているほうが、はるかにましだと思っていたので、三級、オツカには関心がなかった。後に考えさせられたのであるが、兵隊に入る前には、農家で六年間ばかり肉体労働してきたためだろうと、自分の過去を評価したものである。

ロ）南京虫に悩まされ、睡眠不足

夜眠れない！南京虫のお出ましだ。我々がこの収容所に入る前の、ソ連囚人達の時から居たのだと思う。この南京虫との出会いは初めての体験であった。

後日この虫のことを調べて分かったのだが、この虫はアジア南部原産で、トコシラミ科の昆虫で、体長は五ミリ程度、全体は赤褐色、頭は小さく、口は吻状で吸血に適し、刺されると痛いやらかゆいやらで大変なものである。

日中は零下の酷寒の中で、慣れないノルマ付きの重労働に追い立てられ、疲れ切った身体で帰り、アワやコーリャンの、飯とは名ばかりでまるで湯水のようなお粥を飯盒三分の一か四分の一程度、食べるという感覚はほとんどなかった。この重労働とこの貧食では、体はもたない、せめて睡眠だけでも充分とり、心身ともに疲れ切った身体を癒そうと、荒っぽい板敷の棚に入り、ようやく眠りかけた頃に、その虫はモソモソと活動を開始する。「南京虫」、あちらこちらでゴシゴシ、掻き始めたらもう眠れるものではない。

酷寒の日中作業中は、あまり感じないが、作業が終わって、暖かい部屋に入り、体に温みを感じると、非常に強い眠気が起きて、実につらい日々であった。

ある時、となりの仲間が、どこからかローソクを見つけて来たので、そのローソクが溶けて垂れるのを利用して、一晩、一睡もしないで、南京虫退治をしたときもあった。食事や重労働に大きなプラスの出来事であった。

ハ）ソ連人の飯盒のめしを盗み食べる

後日思うと実に恥ずかしい限りであるが、現実にあったことなので真実を述べる。

ある時、駅舎の建築現場での作業中、近くの民家の戸外で、薪ストーブでソ連人が日本製の飯盒で米のごはんを焚いているのを見つけて、仲間と二人で、悪いとは思いながら、その飯盒の飯を三分の一ばかり食べてしまい、しらん顔をして作業をしていたのであるが、後でその持ち主のソ連人に知られてしまい「ヤポンスキー（日本人）ヨッポイマーツ（相手をののしるときに使う非常に悪い言葉）」と散々怒鳴られたのであった。

何をどう言われても、盗み食いしたことは事実なので、平身低頭謝る以外にないので、二人で一生懸命、知っているロシア語で、手真似しながら何回も何回もわびた結果、ようやく許しを得て、ホッとしたのであった。お人良しのこのソ連人に「スパシーバ、スパシーバ（ありがとう、ありがとう）」と、何回も頭を下げて別れた。

この現場近くで一緒に作業していた仲間たちからは、散々笑われたうえ、部屋に帰ってからも話題にされたりして、実に身の縮む思いであり、大変な失態をしたものであった。

二）木工場での手首切断

この二二〇分所は、一五〇〇人と、大変大型のもので、作業種も数多かった。

その中に木工場があり、大変忙しく操業していた。それに比例して、作業人数も多く、作業事故も多く発生していた。

前の一〇八分所にいたとき、大工小隊での作業で、全く素人の私を自分の息子のように面倒見てくれて、大工の仕事を細部にわたりいろいろ教えてくれた、私の恩人ともいえる、長沢宗一さん（島根県出身）も、この木工場で、その腕前と人柄を買われ、現場の責任者としてノルマを達成するため、部下の先頭に立って、木工機械と取り組んでいたようだった。

ある日、突然、大変な情報が飛び込んできた。木工小隊長の長沢さんが「木工機械で手首を切断されて病院に運ばれた」というのだ。「あの長沢さんが・・」私は絶句し、しばらく動けなかった。

それについてもっと詳しく知りたいと思ったが、当人は病院に行ってしまったし、木工場には教えてくれる知人もなく、どうすることもできなかった。

あの広大な収容所で、一五〇〇人もの中では、思うように聞き、探すことができなかった。腕が不自由になっても、以前と変わりなく、あの優秀な腕前の大工として、同じような仕事ができるようになってほしい、と祈るばかりであった。

ホ）貨車車輪にて大腿部切断

収容所を移動して、二カ所目の二二〇分所で、最も胸を痛めたことは、夜間作業で貨車から砂利降ろしの作業中、どうした弾みか、一人の仲間が、その貨車の車輪で両足の大腿部から切断されてしまったことだ。そのとき私は、現場から少し離れていたので、事故そのものは見ていないし、気が付きもしなかった。

七、八人位いたと思うが、大騒ぎする声を聞いて初めて知り、何とも言いようのない気持ちで、ただ茫然とするばかりで、どうすればよいか全く方法も浮かばず、目をそむけることもできず、つらい思いでいた。そうしている間に、被害者は誰かに運ばれていったようであった。見ていた人の話では、切断と同時に血管が閉じられたのか（あるいは凍ったのか）、出血はほとんど見られなかったとのことで、皆不思議に思っていたようだった。

その事故から数日たってから知ったのであるが、私と同じ秋田県出身者らしいと聞き、だとすればその住所をもっと詳しく知りたいと思い、探し聞きまわったが、日数が立っていること、所内の移動があったりして、残念にも詳細はつかめなかった。

一つの収容所に一五〇〇人もいて、このような作業事故は毎日のようにあったし、限られた時間内では詳しく知ることができなかった。残念だがどうにもならなかったのだ。

九　カンボーイの教訓

毎日の作業現場へ行き帰りには、収容所の門前で、人数確認の検査を行うのです。

この時の整列は五列縦隊にされて、ソ連兵のカンボーイ（監視兵）が、ロシヤ語で、アジン・ドヴァー・トウリー（1・2・3）と数えて、紙切れか、板片に記入する。別の兵隊が再度教えるのですが、前に教えたのとは合わない。又別の兵隊が数えるが、合わない。同じことを四回も五回も数えることもある。

こうして、零下20度～30度の酷寒の朝くらいうちから、一時間近くも立ち放しで待っていると、つめたさいたさが足の底から伝って、身体全身、頭のテッペンまでひびいてくる。こうしたことは、毎日の朝夕にくり返すのである。

ある時、仲間の誰かが、そのカンボーイ達に向って、ロシキー○○にマスラーニヤート（ロシア人は頭に油が入っていない）と軽蔑のことばで批判した。彼等はすぐプレポーツク・イズシダー（通訳こっち来い）と呼んで曰く「日本人よお前らは小さい時から数学とか数学の勉強ばかりを重視して、社会の勉強をしないから」このような結果になったのだ。ダモイしたら、社会の勉強を良くして、戦争のない社会を作りなさい」と全身に染みる実に刺激ある言葉をかえされました。

この時は、誰一人として、発言、反論する人はいなかったのです。

このことにはつよく胸を打たれ、70年以上経ったのに、胸深く刻まれて、今でも昨日のごとく、身に沁みているのです。

今後の人生には、大きな教訓であり、残り少ない人生の道しるべとして堅持して行きたいとつよく思っております。

十　あとがき

老齢の衰えを感じながら・・・

今の年齢（満九十二歳）では、七十数年前のことを思い起こして記述することは、容易なことではない。

最初にペンを持った時は、大分躊躇した。

しかし、今の国政が戦争への道づくりに血眼をあげていること、自分自身の賞味期限がもう目の前に迫っていることを感じたとき、後がない、今残さなければ、との思いが強く、自分の能力のことなどあまり深く考えないで着手することにした。

とはいうものの、気力、記憶力、体力の欠如はいかんともし難く、思うように進まず、焦りさえ感じた。ただ、必要な力は不十分であっても、これだけはどうしても残さなくてはと思い、飾り気なく、素裸をさらけ出してやろうと腹を決めてとりかかった。

七十数年前のことは、この老いた頭では想像以上に時間を要し、困難であった。

先輩、戦友、識者、同じような過去を歩んだ仲間たちに助言をいただこうとしたが、七十年の経過と現在の年齢を考えると、健在で聞き取りのできる人はほんのわずかであった。

加えて、着手してみると、左手から国語辞典を離せなかったことも大きな負担であった。

あの酷寒のソ満国境での参戦中、政府や軍は、住民を守るべき義務をかなぐり捨てて、大っぴらに棄民行為に走ったのである。国の政策で、半強制的に満蒙開拓として出された開拓団の人々や、在満一般邦人達の、目を覆うような惨状は、到底ペンや言葉で表現できるものではない。敗戦とともに多くの苦難に襲われる。敗戦国民（兵隊、開拓団員、一般邦人）が屈辱にさらされた姿、更には、敗戦国軍が捕虜となり、およそ六十万人の人々がシベリアに連行され、奴隷に等しい抑留生活を送ることになった。その実態を残すことが、無事生きて帰った者の責務である、と思いながらも、充分に記述することができなかった。そのことが心残りである。

特に、開拓団については、敗戦時の悲惨な実態が実に多くあったが、ほんの一部しか記述できなかった。一般邦人の現実については全く記述できなかった。また、慰安婦のことも書きたかったが、それもできなかった。

あの戦争中と敗戦当時の混乱の状況等について、知る限りの見聞、体験を全て記述するとなれば、分厚い大冊となるであろう。

当時の体験者達は、どうしても次世代に残して伝えたいという思いが強いからであろう。それぞれが単行本として自費出版されたり、雑誌に記事を寄せたり、数え切れないほど出されているのがその証であろう。

六十万人の人々が、シベリアに抑留されたことは、過去の歴史を見ても、世界的に例のないことである。国際問題として、また平和を考えるとき、学校教育の教科書に大きく取り上げるべきと思う。このことについては、私以外にも多くの人々が同じ意見をもっているようである。

まだまだ記述したいことは沢山あった。

ユーラシア協会（ソ連における日本人捕虜の生活体験を記録する会）の会長・故高橋大造さんの記録本（一冊約四百ページ位、計八冊）が出版されている。この会には私も関係していたので、夢中になってこの本を、ひと冬四か月間かかって読み終えた。現実の記録ですばらしい内容である。多くの人に読んでもらいたい。図書館に備品として置いているところもある。

このシベリア抑留も、戦争さえなければ発生しなかった。やはり、戦争はこの世の最大の罪悪であり、決して起こしてはならないのである。先の大戦で、日本人三一〇万人もの生命が奪われている。私の集落でも五戸に一人の戦死者が出ている。

戦争を仕組んだ国家体制を憎み、糾弾すべきとの思いから、恥も外聞もかなぐり捨て、不充分な能力を全てさらけ出して記述した。

この戦争は、終戦の大分前から、国の経済を始め、国民生活全体が貧弱しきって、アメリカ等の大国を相手に戦える状態ではなかったようである。そんな際どい時期に、ポツダム宣言があったにもかかわらず、終戦の決断を延ばしてしまった。そのため、犠牲者を更に大きくしてしまった（ある識者の話では、百万人位）。

こうしたことを考えると、この愚かな戦争のために身内を失った遺族の方々にとって、七十数年も経った今日でも、戦争を起こした日本の軍閥政府に対する怒り、憎しみは消えることがないと思う。

七十数年前に二十歳で体験した「戦争とシベリアで得た貴重な財産」を今後の人生に生かしていきたいと思う。

読んでくださった皆様の、今後の人生に少しでもお役に立つ部分がありましたら幸いである。また、戦争のないこの世の平和のために活用してくだされば、と願っている。

最後に、私のこのつたない記録を読んでくださった方々に心より御礼を申し上げるとともに、戦争反対の隊列に加わり、一緒に行動されるよう心から願っている。

付録

ソ連政府の対日開戦宣言

（一九四五年八月八日午後五時、モロトフ・ソ連外相より佐藤尚武・日本大使に手交）

「ヒットラー」独逸の敗北及降伏後に於ては日本のみが戦争を継続する唯一の大国たるに至れり、三国即ち米合衆国、英国及中国の日本軍隊の無条件降伏に関する本年七月二十六日の要求は日本に依り拒否せられたり。因（よっ）て極東戦争に関する日本政府の「ソ」連に対する調停方の提案は全く其の基礎を失ひたり。日本の降伏拒否に鑑み連合国は「ソ」連政府に対し同政府が日本の侵略に対する戦争に参加し以て戦争の終了を促進し犠牲者の数を減少し且急速に一般的平和の回復に資すべく提案せり。「ソ」連政府はその連合国に対する義務に遵（したが）い連合国の右提案を受諾し本年七月二十六日の連合国宣言に参加せり。「ソ」連政府は斯る同政府の政策が平和を促進し各国民を此れ以上の犠牲と苦難より救ひ日本人をして独逸が其の無条件降伏拒否後嘗（な）めたる危険と破壊を回避せしめ得る唯一の手段なりと思考す。以上の見地より「ソ」連政府は明日即ち八月九日より同政府は日本と戦争状態にあるべき旨を宣言す。

（「日本の選択　第二次世界大戦終戦史録」外務省編纂・山手書房新社刊）

シベリア抑留者の地区別推定死亡人数				
地区		推定死亡人数	収容所の数	
			分所	病院
サハリン州	南樺太（千島を含む）	15,000	54	3
	北樺太	64	8	1
マガダン州	マガダン	200	49	1
沿海地方	ポセット	500	8	1
	ナホトカ	650	16	1
	スーチャン	1,200	12	1
	アルチョム	896	8	1
	ウラジオストック	182	18	1
	ウォロシロフ	3,000	21	1
	セミョノフカ	1,700	21	1
	イマン	637	13	1
ハバロフスク州	ホール	1,000	14	2
	ハバロフスク	1,100	24	2
	コムソモリスク	2,500	14	2
	ホルモリン	1,500	57	3
	ムリー	2,300	129	3
ユダヤ自治州	イズベストコーワヤ	2,400	103	4
	ビロビジャン	1,256	17	1
アムール州	ライチハ	888	8	2
	プラゴエチェンスク	2,800	18	2
チタ州	チタ	3,200	34	2
	カダラ	4,500	24	3
	ブガチャチャ	1,597	5	
ブリヤート・モンゴル共和国	ウラン・ウデ	1,261	20	1
外蒙古人民共和国	外蒙古	1,632	37	3
イルクーツク州	イルクーツク	1,421	26	1
	チェレンホーヴォ	1,100	7	2
	タイシェト	3,200	56	4
クラスノヤルスク州	クラスノヤルスク	1,500	94	
	アバカン	852	10	
アルタイ地方	ロズトフカ	1,800	7	1
カザック共和国	カラカンダ	800	18	1
合計		62,636	950	52

このことが守られたか、知っている人はいない。

ソ連糧秣定量表（1日定量） 実際は半分なかった（1947.8記）

区分／糧秣	将校	下士官・兵	患者	栄養失調者	摘要
黒パン	300(g)	350(g)			
白パン			200(g)	500(g)	
砂糖	30	18	20	30	
米	300	300	400	50	
雑穀	100	150		70	
粉				10	
肉類	75	50	50	150	
魚類	80	100	100	50	
バター	20		10	30	
脂肪又は合成脂				20	ラード類
植物油	5	10			
味噌	50	30			代用粉25g
塩	20	20	15	20	
マカロニー				20	
トマトピューレ				7	トマト漬けを含む
乾燥果実	10			10	
生胡瓜			200	300	
野菜	600	800	500	650	
茶	3	3		0.5	
澱粉				100	
ビタミン				10	酵母水
煙草	15	5	10	10	
マッチ	1.5	1.5	1.5	1.5	但し1ヵ月
石鹸	80				〃

第二次大戦遺骨収集明細

区分 / 地域名	戦没者数	遺骨収集数
硫黄島	20,100	4,590
沖縄	186,500	173,530
中部太平洋	247,000	57,830
フィリッピン	518,000	118,280
ベトナム、カンボジャ、ラオス、タイ、マライ、シンガポール	33,400	25,130
ビルマ、インド	167,000	104,170
ボルネオ	18,000	6,890
インドネシア	25,400	11,010
西イリアン	53,000	31,840
東部ニューギニア、ソロモン諸島	246,300	93,070
韓国	18,900	12,400
北朝鮮	34,600	13,000
旧満州	245,400	38,900
中国本土	465,700	438,100
台湾	41,900	26,140
樺太、千島、アリューシャン	24,400	1,480
ソ連本土	52,700	1,400
モンゴル	1,700	300
香港その他		180
合計	2,400,000	1,158,240

三回の墓参り

われわれの仲間でともに還ることができず、今なお、あの酷寒のシベリヤ凍土に眠る人たちの墓参に、三回行き、一六ヵ所のお参りしてきました。

一九八三年七月	ハバロフスク	二九七柱
	ナホトカ	五一六柱
一九九一年七月	イルクーツク・マラトボ	四〇六柱
	バイカル湖近く・リストビヤンカ	およそ一〇〇柱
	チタ市郊外・カダラ	三九九柱
	チタ市中央・チタ中央	六六柱
	バタルブイハ村奥地・バタルブイハ（アンガラ河に水没し、旧住人ほとんど不明）	八九柱
	ハラグン町の奥地・ハラゲン（停車駅でなかったので走る列車のデッキで祈御冥福）	およそ一〇〇柱
	フーシンガ部落の奥地　フーシンガ（水害のため現地に行けず途中で父親を喪った島田さんの尺八で追悼した）	およそ一〇〇柱
	ウランウデの近くブリヤート	五三四柱
	ハバロフスク（再）	二九七柱
一九九六年七月	ピワニ郊外ピワニ	およそ一〇〇柱
	スタルト病院跡スタルト	およそ五〇柱
	フリムリ病院跡フリムリ	およそ七〇柱
	ゴーリン病院跡ゴーリン	およそ三〇〇余柱
	エボロン病院跡エボロン	およそ八〇柱
	ゴーリン病院、ドーキ分院近くドーキ（この沿線で日本人抑留最奥地）	およそ七〇柱
	ハバロフスク（再再）	二九七柱
	ナホトカ（再再）	五一六柱

佐藤　清

シベリア虜囚作品より

六十万人を数えたシベリア抑留者の中には多彩な才能の持ち主がいた。油絵、スケッチで飢餓、厳寒、重労働の抑留生活を描いている建築設計会社社長、佐藤清さん（65）もその一人だ。十九歳の時に満州（現・中国東北部）で敗戦を迎え、ホルモリン地区ゴーリンで二年余り、強制労働に従事。帰国後は抑留中に感染した結核の治療で五年間を費やした。

絵のテーマにシベリアを取り上げることは避けてきたが、十五年前、戦友の記録集が出版されたのをきっかけに、せきを切ったように「シベリア虜囚」を描き始めた。「戦争の愚かさを訴え、平和の意味を考える記録として残したい。凍土に眠る霊のなぐさめになれば」という佐藤さん。描くのは、いまではシベリアだけである。

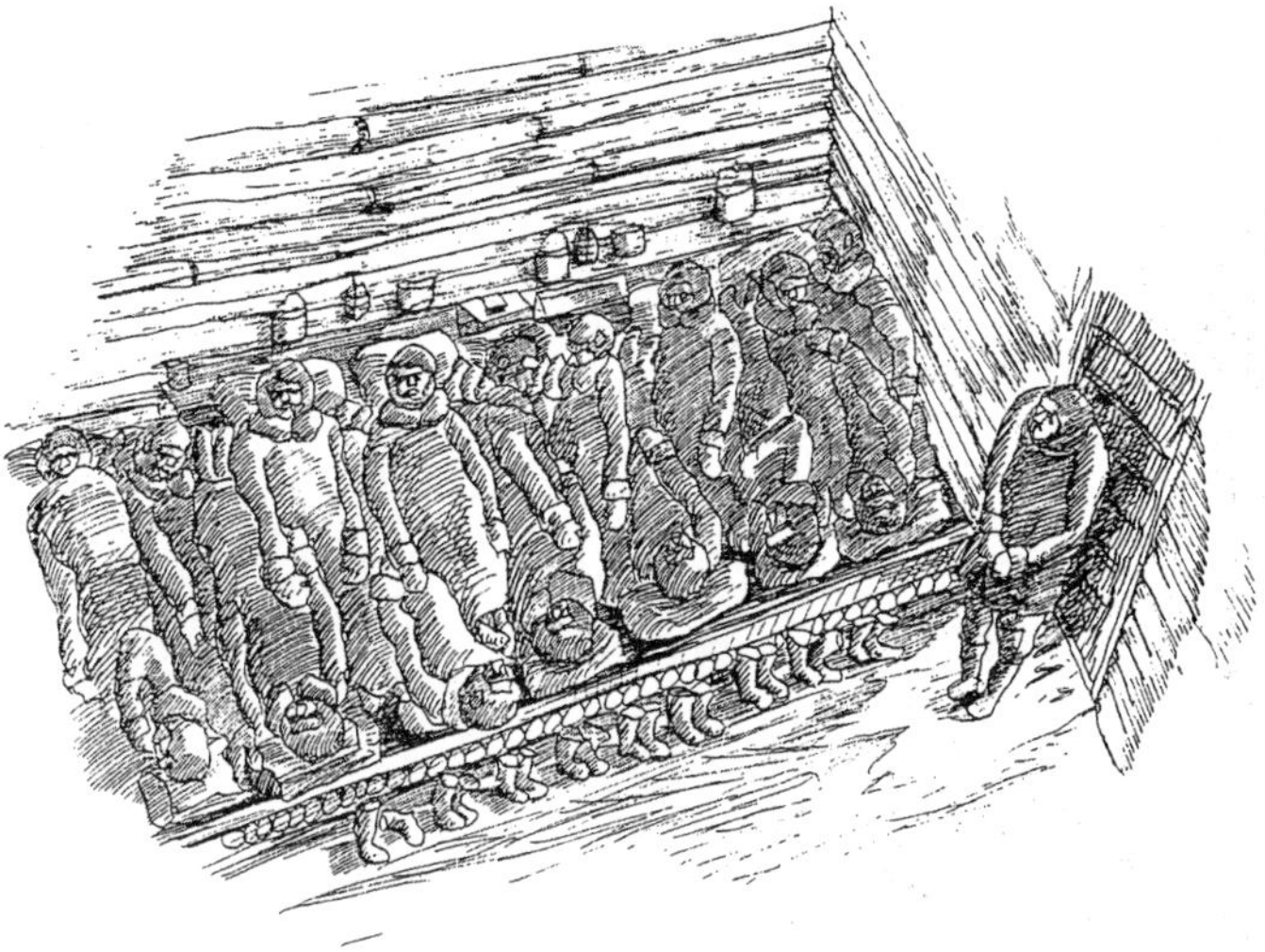
体を寄せあって寝た

砂糖の配給

道路工事

入浴

便所掃除

ロシア語（日常会話）

「地方の鉛、発音等により違いがあると思う。」

ズラーシチ	こんにちは	ブイステリー	早く
ドスビダニヤー	さようなら	ドーム	家
スパシーボ	ありがとう	ピースモー	手紙
カクゼイラ	どうですか	サマリヨート	飛行機
ザフトラ	明日	ピラ	のこぎり
セボドニャ	今日	タポール	斧、まさかり
ウボロニャ	便所	キルカ	つるはし
ヴァニャ	風呂	ターチカ	一輪車
サーハル	砂糖	カランダーシ	鉛筆
ソーリー	塩	カポシタイ	キャベツ
フチャラ	昨日	シューバー	毛皮外とう
スガレート	たばこ	ポチンキ	フェルト製長靴
スピーチキ	マッチ	シャープカ	毛皮帽子
スコーリカ	いくらか	クーシャイ	食事
キャビトーク	お湯	カンチヤイ	おわり
チャースィ	紅茶	シコーラ	学校
ウォーダ	水	マーリンキ	子供
バリノーエ	病気	カルトーシカ	馬鈴薯
ガジイタ	新聞	ダモイ	帰る
モージノ	良いですか	ヤポンスキ	日本人
リース	米	ロシキ	ロシア人
ナーダー	入用か	ホーロズノ	寒い
ニーナーダ	不用	カントーラ	計算事務所

フルムリ地区位置図

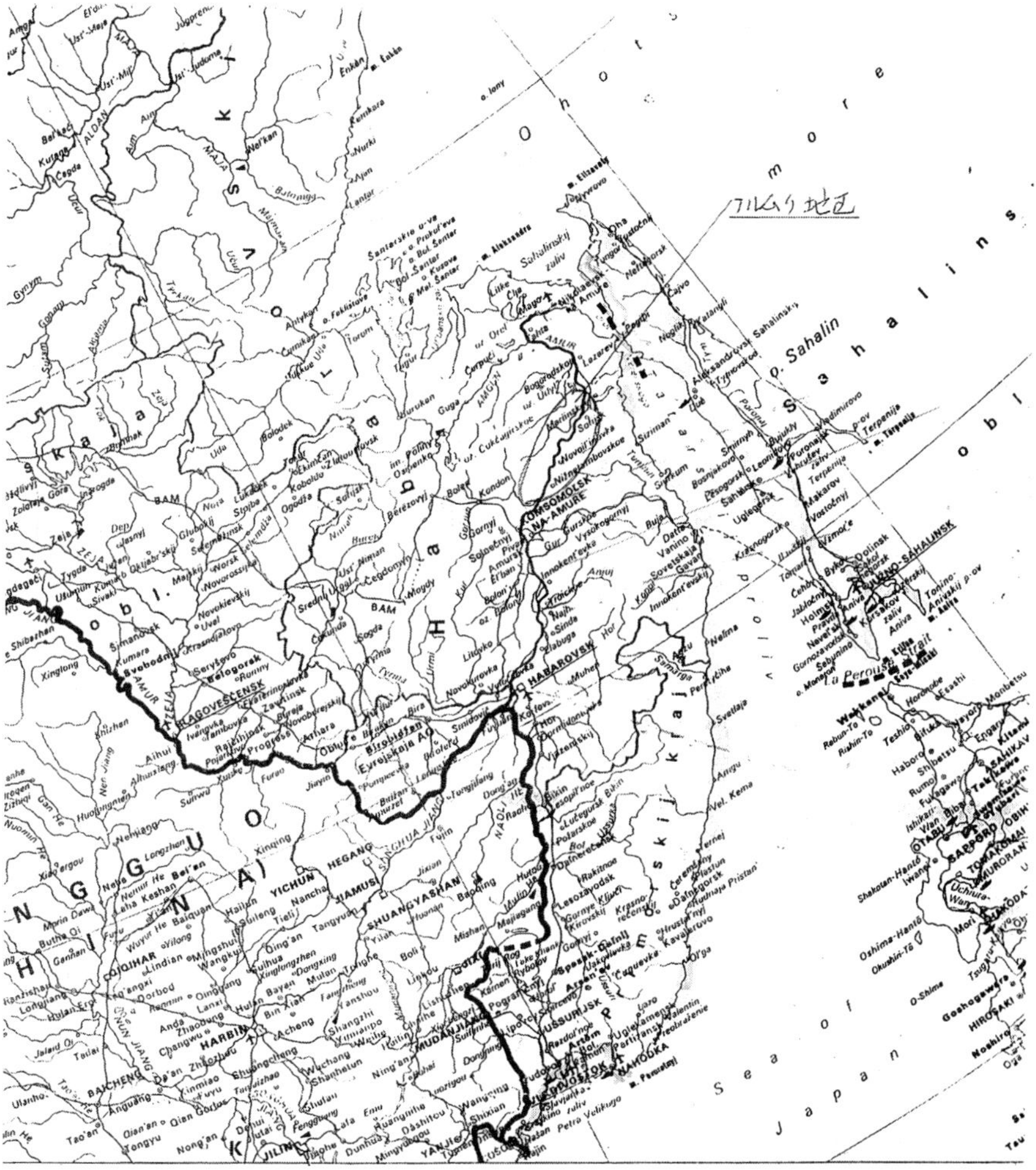

/e des regions

Grodnenskaja O. (Grodno BC5)
Minskaja O. (Minsk C5)
Mogilevskaja O. (Mogilev C5)
Vitebskaja O. (Vitebsk C5)

UZBEKISTAN (Taškent F6)
A: 447.000 km²
P: 19,9 mill.

Andižanskaja O. (Andižan FG6)
Buharskaja O. (Buhara F7)
Džizakskaja O. (Džizak F6)
Ferganskaja O. (Fergana F6)
Horezmskaja O. (Urgenč EF6)
Karakalpakskaja AR (Nukus EF6)
Kaškadar'inskaja O. (Karši F7)
Namanganskaja O. (Namangan FG6)
Samarkandskaja O. (Samarkand F7)
Surhandar'inskaja O. (Termez F7)
Syrdar'inskaja O. (Gulistan F6)

Džezkazganskaja O. (Džezkazgan F6)
Karagandinskaja O. (Karaganda G5)
Kzyl-Ordinskaja O. (Kzyl Orda F6)
Kokčetavskaja O. (Kokčetav F5)
Kustanajskaja O. (Kustanaj F5)
Mangistauskaja O. (Aktau E6)
Pavlodarskaja O. (Pavlodar G5)
Severo Kazahstanskaja O. (Petropavlovsk F5)
Semipalatinskaja O. (Semipalatinsk G5)
Taldy Kurganskaja O. (Taldy Kurgan G6)
Turgajskaja O. (Arkalyk F5)
Ural'skaja O. (Ural'sk E5)
Vostočno Kazahstanskaja O. (Ust'-Kamenogorsk G5)

GRUZIJA (Tbilisi D6)
A: 69.700 km²
P: 5,4 mill.

Abhazskaja AR (Suhumi D6)
Adžarskaja AR (Batumi D6)

MOLDOVA (Kišinëv C6)
A: 33.700 km²
P: 4,3 mill.

LATVIJA (Riga C4)
A: 63.700 km²
P: 2,7 mill.

KYRGYZSTAN (Biškek G6)
A: 198.500 km²
P: 4,3 mill.

Čujskaja O. (Biškek G6)
Džalal-Abadskaja O. (Džalal-Abad G6)
Issyk-Kul'skaja O. (Issyk-Kul' G6)
Ošskaja O. (Oš G6)
Talasskaja O. (Talas G6)

TADŽIKISTAN (Dušanbe F7)

TURKM
A: 488
P: 3,5 n

Balkansl
Čardžou
Maryjsk
Tašauzsl

EESTI (
A: 45.1
P: 1,6 r

フルムリ地区位置図

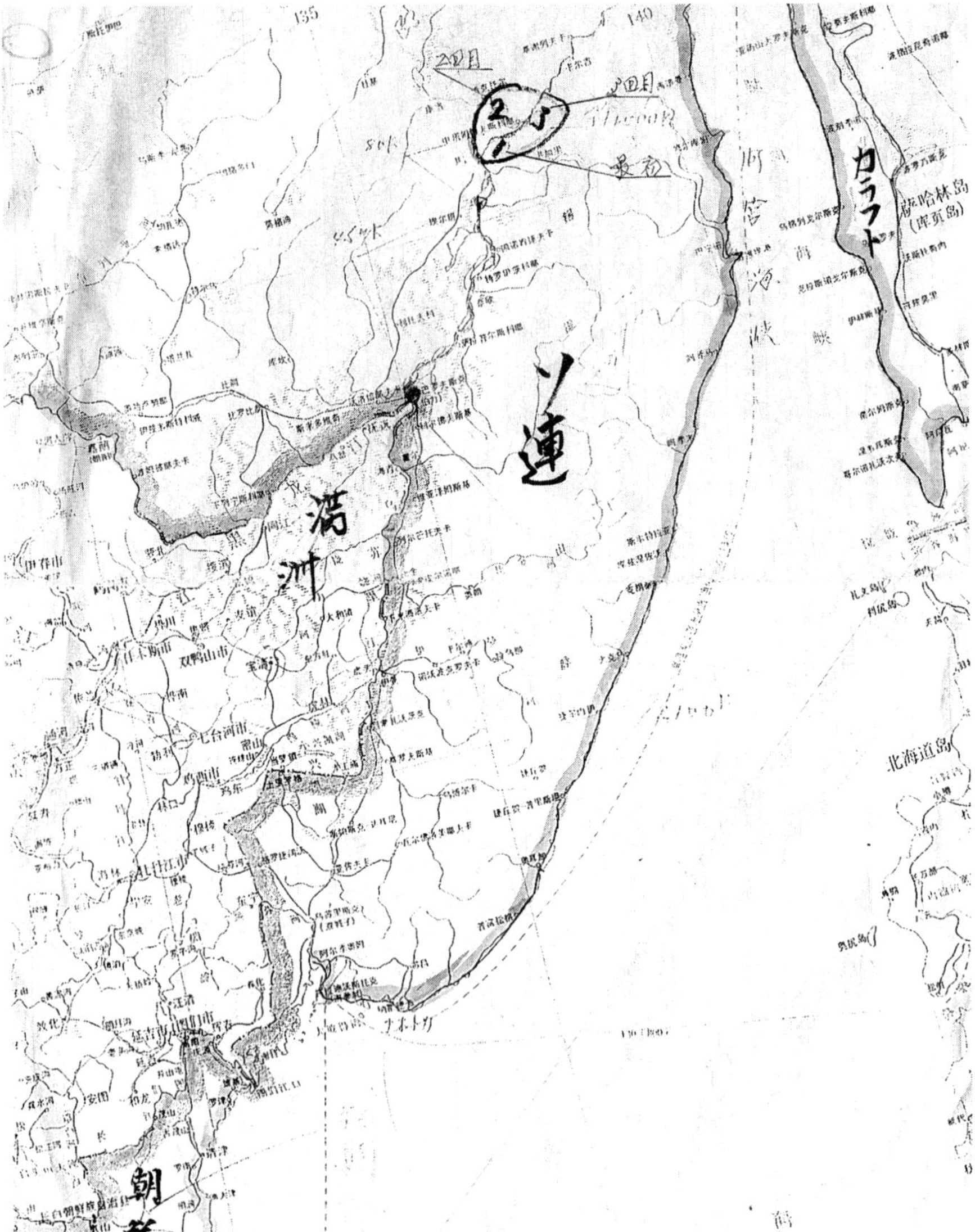

ソ連フルムリ地区収容所配置図

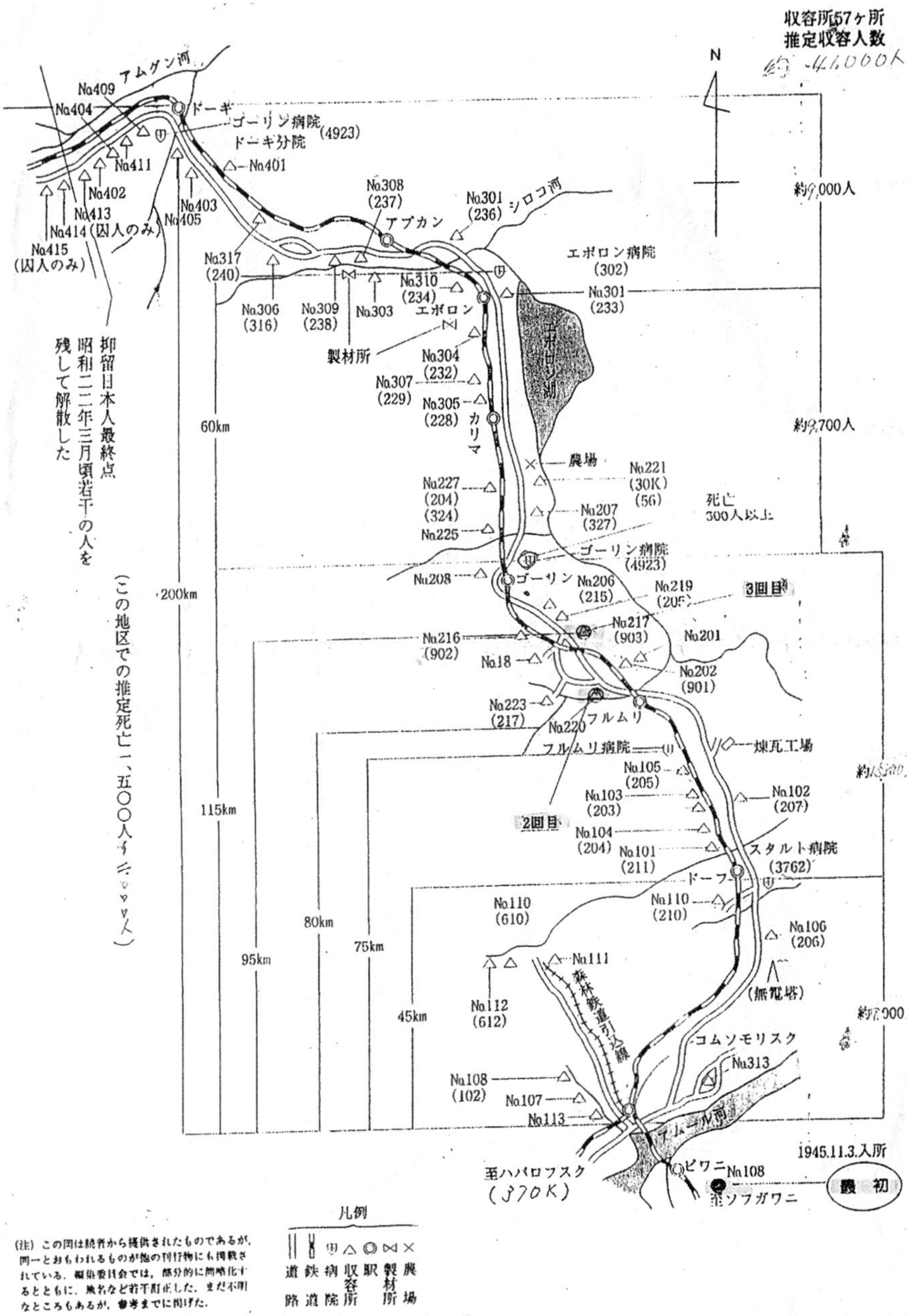

(注) この図は読者から提供されたものであるが、同一とおもわれるものが他の刊行物にも掲載されている。編集委員会では、部分的に簡略化するとともに、地名など若干訂正した。まだ不明なところもあるが、参考までに掲げた。

●略歴

一九二五年（T14）二月　十二日　秋田県湯沢市秋ノ宮字中山七四に生まれ、高等小学校卒業後農業

一九四五年（S20）二月二十五日　現役兵として弘前第六九部隊に騎兵として入隊

三月　騎兵二十四連隊満洲第八〇七部隊へ移動軍事訓練受ける

八月　九日　ソ連軍侵攻により開戦、戦争に参加

九月　一日　敗戦により武装解除、軍事捕虜となる

十一月　三日　うっそうたる大密林中の収容所へソ連の囚人と交替で入り強制労働始まる

一九四八年（S23）九月　十六日　復員命令受けて出発（一、五〇〇名）山澄丸にて

十月二十六日　京都府舞鶴港上陸

十月　三十日　夢に見た吾家へ帰る、多くの部落民迎えてくれる。その後、営林署作業員や農業に従事

一九四九年（S24）四月　秋田県立湯沢北高定時制に入学
一九五二年（S27）十月　秋ノ宮森林組合職員として採用
一九五八年（S33）四月　雄勝町秋ノ宮地区公民館主事兼任
一九八一年（S56）六月　シベリア抑留者補償協議会雄勝町支部長
一九八二年（S57）十月　社会保険労務士免許取得
一九八八年（S63）六月　シベリア抑留者補償協議会秋田県常任理事
一九九〇年（H2）四月　秋田県森林組合職員連盟会長
一九九二年（H4）三月　秋ノ宮森林組合参事退職
二〇〇〇年（H12）七月　雄勝町納税組合連合会長
二〇一一年（H23）七月　現在関係する組織
年金者組合、国賠同盟、国民救援会、市民の意見30の会、
農林水産九条の会、生活と健康守る会、福島原発原告団
チチハル裁判支援する会、シベリア捕虜生活体験記録する会

■御協力いただいた方

沼倉　泰佐　元中学校教師　秋田県湯沢市
菊地　孝夫　元戦友　秋田県大仙市
戸沢　儀一　元シベリヤ仲間　千葉県鎌ケ谷市
佐藤　恭三　元上官　秋田県大仙市

■参考にした文献

「オーロラ」ソ連における日本人捕虜の生活体験を記録する会　高橋　大造
「捕虜体験記」（全八巻）　右同　高橋　大造
「凍土の青春」　当著　本人
「騎兵第三旅団栄光と終末」　旅団史編集委員会
「慰霊の旅」　佐藤　恭三

「酷寒の凍土
異国のシベリヤにねむる友よ
安らかにと祈る」

自宅、うしろの庭にて　孫娘うつす。

●著作歴（自費出版）

一九四八年十二月　シベリヤ墓参で見た二十三歳の足あと
一九九四年五月　孫達へ遺言とするシベリア墓参記録
一九八六年八月　正義とその実践沼倉精一氏の足跡
二〇〇四年九月　川井ダム半世紀の苦闘
二〇〇一年五月　凍土の青春
二〇〇五年七月　偽満で知った七三一部隊の仕業
二〇一一年五月　「はばたき」二度の辛酸をなめた開拓鈴木孝之助さんの場合
二〇一二年三月　戦争が残した20歳の過去帳
二〇一二年四月　戦争とその枝葉の検証

著者近影（孫娘、玲未ちゃん撮影）

ご感想を頂けましたら幸甚です。

現住所
秋田県湯沢市秋ノ宮字中山74
栗田義一
Tel 0183-56-2171

青春は戦争とシベリアで

定価［本体一五〇〇円］＋税

2017年2月　初版発行

著　者　栗田義一
発行者　泉谷好子
発行所　イズミヤ出版
秋田県横手市十文字町梨木二
電話　〇一八二（四二）二一三〇

印　刷　有限会社イズミヤ印刷
秋田県横手市十文字町梨木二
電話　〇一八二（四二）二一三〇

ISBN978-4-904374-30-6　C0031